JN098874

第十一回　田中裕明賞

第十一回　田中裕明賞発表

生駒大祐句集

『水界園丁』

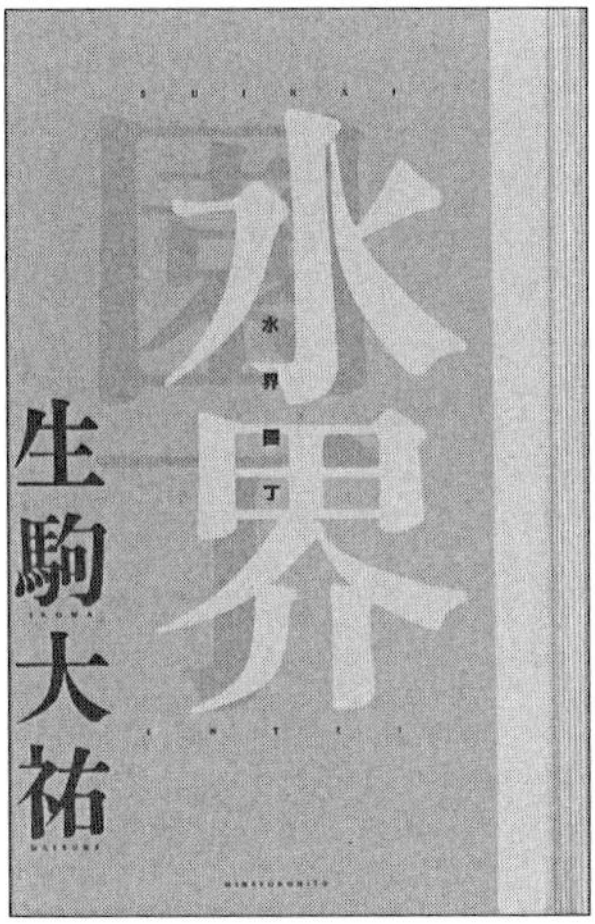

第一句集

二〇一九年六月二八日発行

A5判変形上製カバー装

発行・港の人

定価2800円＋税

選考委員

佐藤郁良・関悦史・

髙田正子・髙柳克弘

生駒大祐《いこま・だいすけ》

【略歴】
一九八七年三重県生まれ。「天為」「オルガン」「クプラス」などを経て現在無所属。第三回攝津幸彦記念賞、第五回芝不器男俳句新人賞。共著に「虚子に学ぶ俳句365日」（草思社）「天の川銀河発電所」（左右社）など。

受賞者の言葉

田中裕明賞受賞の連絡があったその日から、また『田中裕明全句集』を読み返していた。

改めて全句集を通読して、その文体の確かさから静的だと思い込んでいた裕明の俳句も実はかなり動的であることに気づいた。

大学も葵祭のきのふけふ　『山信』

引こうと思えばいくらでも引けるのだが、第一句集から。

この句は名詞と助詞のみで形成されており、形式上は静かでただただ美しい句なのだが、「きのふけふ」という時間軸での圧縮を考えると葵祭の時期の華やぎを見せる大学を行き交う人々の僅かな高揚の昨日と今日が二重写しのように見えてくる。

さらに、この句の「大学」は平安時代の大学寮を想起しても勿論よい。

そう読むと、昨日と今日という短い時間軸と「大学」という言葉を通して繋がる眼前の大学と大学寮という長い時間軸とで人々で賑わう大学（寮）の景色が多重的にオーバーラップする。

この情報量の多さを動的と呼ばずしてどう呼ぼうか。

裕明の句は古典調とも言われる。そういう場合現代において古典を志向するという時間を遡るベクトルが強調されがちであるが、
古典を身にまとって現代を詠むことで生じる上記のような多重性や奥行きを考えると、古典から現代へ還ってくるベクトルも当然議論されてしかるべきだろう。
その双方向的な往還こそが実は俳句の本質の一つではないかと今は考えているし、僕もそれを生かした句を作ってゆければと考えている。

●

『水界園丁』を作るにあたってお世話になった方々、

「田中裕明賞」を作り育ててきたこれまでの受賞者、審査員、運営の方々、
関係するすべての皆様に心より感謝いたします。

この賞の冠する田中裕明の名に恥じない句を作ってゆけるように研鑽を重ねてゆきます。

ありがとうございました。

受賞作品『水界園丁』（生駒大祐）より　自選三十句

鳴るごとく冬きたりなば水少し
寒林を離れ立つ木も絶えし今
もう一度言ふ蕪提げ逢ひに来よ
枯蓮を手に誰か来る水世界
ひぐまの子梢を愛す愛しあふ
松の葉が氷に降るよ夢ふたつ
ゆゑに侘助水も己を不気味がり
寒鯉の己が名知らねば火の如し
枝がちの空も冷たく古りゐたり
あらはるる二つの川も春の川
鳥すら絵薺はやく咲いてやれよ
疎密ある春の林の疎を歩く
疼痛のたとへば花の水面かな
鳥たちのうつけの春をハトロン紙

蜜蜂や夢の如くに雑木山
星々のあひひかれあふ力の弧
鉄は鉄幾たび夜が白むとも
五月来る甍づたひに靴を手に
夏の木の感情空に漂へり
芍薬の夢をはなれて雲平ら
菖蒲枯れ吊橋燃えてゐるごとし
はんざきの水に二階のありにけり
六月に生まれて鈴をよく拾ふ
汝まるで吾白鯉匂ふしづけさの
天の川星踏み鳴らしつつ渡る
里芋が滅法好きで手を叩く
秋燕の記憶薄れて空ばかり
十月を針の研究してゐたり
秋淋し日月ともにひとつゆゑ
ゆと揺れて鹿歩み出るゆふまぐれ

候補作品

藤本夕衣句集『遠くの声』 二〇一九年三月三日 ふらんす堂

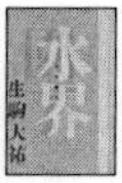
生駒大祐句集『水界園丁』 二〇一九年六月二八日 港の人

森下秋露句集『明朝体』 二〇一九年六月二八日 ふらんす堂

乾紗伎句集『未来一滴』 二〇一九年八月三日 コールサック社

倉持梨恵句集『水になるまで』 二〇一九年八月二九日 ふらんす堂

藤永貴之句集『椎拾ふ』 二〇一九年九月二五日 ふらんす堂

松本てふこ句集『汗の果実』 二〇一九年一一月二〇日 邑書林

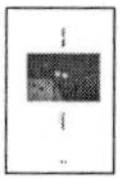
宮本佳世乃句集『三〇一号室』 二〇一九年一二月二一日 港の人

藤田哲史句集『楡の茂る頃とその前後』 二〇一九年一一月三〇日 左右社

諏佐英莉句集『やさしきひと』 二〇一九年一二月一五日 文學の森

十月十日句集『幸福な夢想者の散歩』 二〇一九年一二月二三日 デザインエッグ株式会社

選考経過報告

第十一回田中裕明賞の選考会は、八月十五日の午後一時よりあたらしい選考委員（佐藤郁良、関悦史、髙田正子、髙柳克弘の各氏）によって行われました。新型コロナウイルスによる感染を避けるためにリモート会議による選考会となりました。

選考委員は、あらかじめ良いと思われるものに三点、二点、一点をつけてもらい上位三位までを決めてもらいます。

その結果、生駒大祐句集『水界園丁』六点、藤本夕衣句集『遠くの声』五点、藤永貴之句集『椎拾ふ』五点、松本てふこ句集『汗の果実』四点、藤田哲史句集『楡の茂る頃とその前後』三点、諏佐英莉句集『やさしきひと』一点という結果となりました。

四人の選考委員のつけた最高点がそれぞれことなり、佐藤郁良選考委員は句集『椎拾ふ』、関悦史選考委員は句集『楡の茂る頃とその前後』、髙田正子選考委員は句集『遠くの声』、髙柳克弘選考委員は句集『水界園丁』と評価が分かれました。

午後一時から途中に二度ほど十分間の休憩をとる以外は、午後六時までほぼぶっ続けで、応募句集ひとつひとつに丁寧に向き合い評した結果、句集『水界園丁』の受賞ということになりました。

佐藤選考委員より、『椎拾ふ』とのダブル受賞ということを視野にいれてもという提言もありましたが、やはりひとつの句集にしぼるということになり、また、完成度の高い句集よりも、これまでにない新しいものに挑戦しているものということで、『水界園丁』の受賞ということになりました。

ふらんす堂　山岡喜美子

選考会

●選考委員
佐藤郁良
関　悦史
高田正子
髙柳克弘

●司会
山岡喜美子（ふらんす堂）

※文章内の掲句の後ろの（　）は各集のページ数です。

応募句集＼選考委員	佐藤	関	髙田	高柳	計
水界園丁		2	1	3	6
遠くの声	2		3		5
椎拾ふ	3		2		5
汗の果実	1	1		2	4
楡の茂る頃とその前後		3			3
やさしきひと				1	1
明朝体					0
水になるまで					0
未来一滴					0
三〇一号室					0
幸福な夢想者の散歩					0

司会：では、始めたいと思います。今回は応募句集が全部で十一冊ということでした。今回の応募句集についてお一人ずつ、全体的な感想をまず頂きたいと思います。佐藤郁良さんからお願いします。

佐藤：よろしくお願いします。十一編の句集を繰り返し拝読させて頂いて、それぞれいい面もあり、また「これはどうかな」と思うところもありました。魅力と欠点と、両方感じながら読んでいたというのが正直な感想でした。三編に絞るのは私としても相当悩ましい気持ちでした。最終的に、俳句という形式を生かしている句集はどれだろう、と考えた時に、藤永貴之さんの『椎拾ふ』。これがある意味では一番写生という考え方を徹底している句集でもあり、五七五という形式を生かしている句集かなというところで、私としては『椎拾ふ』を一席にさせていただいたということです。これに続くものとして藤本夕衣さんの『遠くの声』、松本てふこさんの『汗の果実』をそれぞれ二席、三席として推しました。ただこれ以外にも、この後話題になると思いますが生駒大祐さんの『水界園丁』だとか、藤田哲史さんの『楡の茂る頃とその前後』、あるいは宮本佳世乃さんの『三〇一号室』とか、非常に気になる句集が他にもたくさんありました。最終的にどういう観点で拾うかというところで、四人の選考委員の先生方の点もばらけたのではないかなという風に思っています。私自身としましては先ほど申し上げた三編を選ばせていただきましたけれど、それ以外にも非常に心惹かれる句集はあって、最終的にどの三つを残すのかというところでだいぶ悩ましかったというのが、今回の一番の感想です。

司会：いい感じにばらけましたよね。では関悦史さん、お願いします。

関：今回は全体にバラエティーに富んで非常に水準が高い感じで、上位三位までしか点数が入れられないシステムになっていますけれども、できれば七、八冊ぐらい点数を入れたいものがありました。その中で私は藤田哲史さんの『楡の茂る頃とその前後』一位、生駒大祐さんの『水界園丁』二位という風に配点しています。これは私の中ではほとんど同率一位というか、甲乙つけ難い。今回は全体に面白い句集が多い中で、生駒さんの『水界園丁』がかなり頭抜けていた気がするので、開票したとたんにほとんどこれで決まってしまうんじゃないかという気がしました。それで藤田さんに対する評価が低くなりすぎる懸念から一位にしました。それから三位に松本てふこさんの『汗の果実』を入れていますけれども、これも三位から四、五、六位あたりまで団子状態になっている感じで本当に僅差で三位に入れました。裕明賞の場合は単に完成度が高いだけではなくて、従来の俳句史、表現史を踏まえて、ある革新性があって、その革新的なところをいかに作品としてリアライズしていくかの技術的な達成度も見られる。革新性と達成度、この両方から見た完成度の高さということで、生駒さんが抜けているんじゃないかと思いました。藤田さんは一位にしてありますけれど、そこら辺の差については後で述べていきたいと思います。以上です。

司会：はい。髙田正子さん、お願いします。

髙田：所属する結社や協会を越えて、若い方々、もしかするとひと世代下かもという方々の句集を真剣に読む体験を有難くさせていただきました。その中でもう皆さんがおっしゃっている通りですが、三冊選ぶというのはなかなか辛いなあという経験でございました。私は一位に藤本夕衣さんの『遠くの声』を推しています。藤本さんと藤永さんのお二人はさっき佐藤さんのおっしゃったように、どちらが一位でも、それはあり得るという感じでした。藤本さんの方は既に俳人協会の新人賞というかたちで評価を受けておられますね。藤本さんの句集は繊細、静謐、詩的という言葉があてはまると思うのですが、それだけだったら単調に過ぎたところを途中からお子さんが加わったことによって、色彩に変化が表れたようです。一番安心して読めたというのが第一感でした。ただ安心してというところがこの裕明賞にふさわしいかどうかという分かれ目になるかもしれないとも思いました。藤永貴之さんの『椎拾ふ』は表現が的確ですし、言葉の使い方も正確ですし、句の作り方が媚びていないのが私にはすごく好感が持てました。ただ、誰にでもすぐに分かる句が並んでいるわけではなくて、例えばこの方の師匠である本井英先生だったら読み取れても、藤永さんを全然知らない人や、さっと読みとれる句が欲しい人には摑み得ない、そういう句が並んでいるようにも思いました。だから時間をかけてスルメを噛むように味わっていく必要があって、それがいいところでもあり、また賞の選考にかかる時にはちょっと損をするところなのかもしれないと思いました。完成度が高い、もしかすると引いた句が一番多かったんじゃないかという句集でした。三位に私は生駒さんの句集を取り上げました。この人の句集はどうやって読んだらいいんだろう、もしかすると全然理解できていないかもしれないと悩ましかったんですが、その割に惹かれる句を引いていったら多かったんですね。上位二冊の句集と同じくらいありました。この句集はやっぱり関さん辺りが取ってくるかなあ（笑）というそんな気もしましたので、読み方を教えていただこうという心持ちです。一位二位とは全く違う評価のしかたなのですけれども、外せないと。選外の句集もまたこの後話す機会があるんですよね。三冊についてはそんな感じでした。

司会：メールで、「選外の一位を挙げれば松本てふこさん」と書いて下さいましたよね。

髙田：はい、書いておりました。

司会：それでは、髙柳克弘さん、お願いします。

髙柳：私が第一回の受賞をしたのが十年前でしたよね。それから十年経って、若手の句集にこういったものが出てきて、その作風に時代の変化と言いましょうか、十年経って俳句の世界もちょっと変わったところもあるのかなと。特に若手の状況は少しずつ変わってきたのかなというところを実感した選考でした。結社の力学というのかな、結社という場から自由になっているというのか。結社に入っている人もいるし、入っていない人もいますけれど、入っている人も昔のように「二師に見えず」のような形でその結社の旗印をひたすら追い求める、先生の選に没入してゆくというような作り方ではない。もっと色んな、多様な自分の、結社外の作風なんかも取り込みながら作っているというのかな。個々の作者の経歴は、つまりどういう場所でどんな教えや学びを経て俳句を作っているかというのは、大きな問題ではないんですけれど、やっぱりそれが作品に出ているところもある。だから十年前に比べてもさらに幅広くなっているというのが、多様性という言葉で言えるのかもしれません。より多様になっているというのをやはり感じました。そういう時代に私などは結社で学んで、結社でやって来た人間なので、これからの若い人たちの言葉がどう変わってゆくのか、一人の俳句の読者としても大変興味深く今回の選考作を見たという感じでしたね。その上で私は、選考基準としては、関さんは「革新性」という言葉を使っていらっしゃいました。いわゆる「新しみ」ということで、今まで作られていない俳句というのかな。それは文体でもそうですし、題材でもそうですし、ものの見方とかね。ひと口に「新しみ」と言っても色んな角度から新しいということが言えると思うんですけれど。どういう形であれ、これまでにない俳句の書き方をしてきた人を評価する。というのが俳句の新人賞のあり方なのかなと思いますし、賞に冠されている田中裕明さんという人も、そういったことを考えながら俳句を作ってきた人なんじゃないかなと、私はそう受け止めています。そういう意味で、私の一位が生駒大祐さんの『水界園丁』で、二位が松本てふこさんの『汗の果実』、三位が諏佐英莉さんの『やさしきひと』になったというのは、そういう基準から見ての、新しみをどれだけ掘り下げた人かというところで判断しました。

生駒大祐句集『水界園丁』

司会：今回の選考の点数結果は、生駒大祐さんの『水界園丁』が六点、藤本夕衣さんの『遠くの声』が五点、同じく藤永貴之さんの『椎拾ふ』が五点。松本てふこさんの『汗の果実』が四点、藤田哲史さんの『楡の茂る頃とその前後』が三点、そして諏佐英莉さんの『やさしきひと』が一点でした。後の方たちは無点ですけれども、それぞれまた色々と選評いただきたいと思います。まず、一番高得点だった生駒大祐さんの『水界園丁』について、お願いしたいと思います。生駒さんのことを申し上げますと、一九八七年生まれの三十二歳で、「天為」「オルガン」「クプラス」などを経て現在無所属。第三回攝津幸彦記念賞、第五回芝不器男俳句新人賞を受賞されています。三点を入れられた髙柳さんからお願いします。

髙柳：例えば特に好きだった句をいくつか挙げていきますと、「**吾に呉るるなら冬草に綴ぢし書を** (24)」美意識がはっきり出ているなというところですね。俳句のために俳句を作っているというわけではなくて、何か自分の中でやりたいというか、俳句を通して言いたいこと、表現したいことがあって作っているというところでしょうね。「冬草に綴ぢし書」だからちょっとした、本を落としただけでばらばらになってしまうような、そういう弱い綴じ方というかね。本当にそういう本があるわけはないので、虚構の本だということも含めて、自分の拠って立つ言葉というものの危うさを訴えている。か弱い冬草で綴じた書こそが自分が欲しいものなんだ、自分にくれるならそういった本がいいんだという。言葉って何だろうということを俳句を通して考えたいとか、この世のはかなさ、脆さみたいなものに惹かれる、そういう自分の美意識を表したい。そう言ったようなひとつの表現意欲がある。書かれている文体そのものは割とソフトな文体なんですけれども、そのうちにかなりハードな、言ってみれば思想というものがあるというところが生駒さんの句風なのかなと思いますね。他に挙げていきますと、「**幸せになる双六の中の人**(32)」双六をやっていたら、双六が置かれている枡というのかな、そこにいいことが書いてあったということですね。家族ができたとか、お金を拾ったとかね(笑)。「中の人」という言葉、これは多分サブカル用語から来ているんじゃないかなと思います。例えばきぐるみをかぶっている中の人とか、あるいはバーチャルな空間、インターネットとかアニメーションでそのキャラクターの声を演じていたりする人のことを「中の人」ってサブカル用語で言ったりしますよね。それをこういう風に使ってみせた。古い言葉だけではなくて、現代の言葉も使っている。でも現代の言葉もそのまま現代風に使うのではなくて、上手く俳句の中に溶け込ませるように使っているというのかな、無理なく使っているというか。そういう言葉に対する関心の高い人だなあというところはありましたね。これもやっぱり、「双六の中の人」は幸せになっているんだけど、じゃあ双六を遊んでいる人はどうなんだろうと考えた時に、そういう現実社会に生きる自分の寄る辺なさ、頼りなさみたいなものもこの句の中に込めているのかな、そんな気持ちです。対象の捉え方が独特なところがありますね。薄い膜を隔てて、世界を見ているみたいなところがあります。それが良く表れているのがこれかな。「**にはとりの首見えてゐる障子かな**（21）」障子が少し開いていてそこから鶏の鶏頭、とさかがあり、伸びた鶏の首が見えている。障子を開ければそこにちゃんと鶏はいるんだけど、あくまで障子ごしの鶏に何か趣というのかな、面白さを感じているわけですね。こういうものの見方って、生駒さん独特かなと思います。鶏の句の少し後に出てくるんですけど、「**霜晴や桶の全てが見えてゐる**（22）」という句があって、これは逆に見えていることでものが全て見えていることの恐ろしさ、危うさみたいなものを逆に感じているというか。むき出しのものって、生駒さんにとっては恐ろしいものなのかなというのが、ここに出ていますね。それはやっぱり彼独特の美意識なのかなと思いますね。後はやっぱり全体的に句集としての工夫もありましたよね。ところどころ、恋の句なんかも挟まっています。「**もう一度言ふ蕪提げ逢ひに来よ**（19）」「**目逸らさず雪野を歩み来て呉れる**（42）」この辺りはいわゆる恋の句ということなんでしょうけれど、（中村）草田男流の情熱的な恋の句、生々しい恋の句ではなくて、何か現代風のソフトタッチというのかな、熱度の低い恋愛が描かれていて、これもまた新鮮な感じでしたね。一方で、割と句集の句風というところからすると大ぶりな句などもありました。「**天の川星踏み鳴らしつつ渡る**（126）」べタかもしれないんですけどね。「天の川」で「星」が来て、しかも「渡る」ですからね。こういう歴史的にも空間的にも広がり、奥行きのあるものを、ちゃんと自分の両手で受け止めて詠むというところで、これは彼の力量を示している句じゃないかなと思います。堂々たる句と言っていいんじゃないでしょうか。すぐ近くに、「**月は鋭く日はなまくらぞ真葛原**（133）」なんていうのもね、「日」と「月」と「真葛原」という茫漠たるものを捉えていますけれど、ちゃんと一つの現実的な景として押さえ込んでいる。だからこそ、ちょっと幻想的な雰囲気も漂わせているということです。ということで、句集としても楽しませてくれています。「**ひぐまの子梢を愛す愛しあふ**（25）」ちょっとこれは風合いの違う句。動物園で見た景色なのかな。熊の子が木の枝をおもちゃにして遊んでいるという情景です。これなんかは可愛らしくて、ディズニー風というんでしょうかね。こういうのも入っていると、読者としてはほっとさせられるというのかな、生駒さんという作者の、日ごろの何気ない休日の風景が見えてくるみたい、動物園に行っているんだなと、そんなような気がして非常に親しみが湧きました。この「園丁」というタイトルが暗示的だと思うんですね。彼の好きな世界というかな、どこか自分の庭を作っているというか、箱庭的と言えるのかもしれませんね。生駒さんが作っている箱庭であって、そこに入らないものも結構大きいという感じはあるんですけどね。そういうのをどう見るか。彼が世の中のものの中からある選別をしてこういう世界を作っている。狭いと見るのか、これはこれでしっかりした統一的な世界観が出ていて良いと見るのか、その辺りでまた意見が分かれてくるのかなと思います。この箱庭的世界、私は魅力的だなと思いました。結構白いイメージが漲っている、迸っているというのかなあ。白が好きな人なんだなあと思いますね。その分黒とか他の色は排除してしまっているかもしれないですけれど。最後にもう一句だけ挙げると「**窓の雪料理に皿も尽くる頃**（36）」ですね。これ、「皿に料理も尽くる頃」ではないんですよね。普通の日常的な文章だったらそうなると思うんですけど、「料理に皿も」って言ってるんですね。やっぱり皿の白いイメージが出したかったんだな、皿に主眼が置かれている。料理ではなく皿の方が、生駒さんの言いたいことだったのかな。皿の白のイメージが強調されているところとか、折節にこういう白が強調されているところも面白かった。これは彼の摑んできた世界。すごく過去の作を勉強しているというのがよく分かる句集ですよね。明らかにこの句を踏まえているだろうという作品がありまして。ただそれに引きずられているというところもあるんだけれど、それを踏まえてきちんと平成令和の世に生きる自分の思想をしっかり表現している句集ということです。それを私は「新しみ」として受け取ったということでした。とりあえずこんなところです。

司会：では関さん、お願いします。

関：一つ自分の庭を作っていて、そこに入らない素材もあるというのは端的に言うと社会性とか時事性とかそういう素材は入っては来ませんよね、ここは。入れない世界です。それはそれでこの様式の中の統一性でいいと思うんです。社会性とか時事性に代表されるような要素というのは、言葉で分節されて、その分節のされ方が皆に既に共有されて出来あがっている。その言葉の分節の仕方、分け方、分けた上での再組織の仕方、そういうところまで考えて組み上げ直していくというのがこの作者のやり方ですので、そうするとあらかじめ固まってしまっている出来合いの言葉で出来ている「社会」というものは相当入りにくい。本人もそういうものにあんまり親しみを覚えていないので、入れる必要を感じていないんでしょう、恐らく。句集の印象としては、助詞をいじってみたりとか、語順を目をそばだてるようなちょっと不自然な並べ方をしてみたりとかで、そういう言葉をいじることで現実の彼方を見せようとするやり方というのが若手の一部にある気がするんですが、そういう流れの中にある句集とまたちょっと違うところもある。というのは、かつての前衛短歌みたいに現実に対して一線を引いて、その中で審美的な、すごく美的な価値観で統一された反現実の世界を言葉で作ろうとしているところがあるんですが、しかしその作ろうとしている心象は反現実とか不遇意識とかすごく抵抗したいことがあるという感じで出てくるものではない。その辺のメンタリティとしては今の若者であるにも関わらず、方向としてはかつての言語芸術の最前衛まで行っていたような世界と、今現在の俳句の最先端を統合したところで、新しいことをやるという句集ではないかと思いました。現実ではない、リアリズム的にここに書かれたことがそっくりそのまま再現できるという形の写生にはあまりしないようにしてますよね。これはしかし、明らかに現実には起こらない幻想的な光景を描いているのではなくて、現実にあり得る光景なんだけれど次元の違う言葉で再組織化しているので、そこで新しみが出るというか、見慣れないものが出てくる。例えば「**鳴るごとく冬きたりなば水少し**(12)」これはまず、冬が来るということに対して「鳴るごとく」という比喩をつけるのが面白いというか特異なところですけれど、轟音のように「冬が来た」、そして「水が少し」という。「鳴るごとく」ってすごく大量のものが勢いよく来るイメージがあって、それを受け止めるものとして具体的なイメージとしては「水少し」ということになる。ここが意外性がある上に、冬で乾燥しそうなんだけれど水が少しあるという逆の出し方をして、微妙な捻りが入っている。すごく絶望的な状況とか心情を訴えたいわけではないですよ、これは。世界がある新しい見え方がしたということを、句で体現している感じがする。句で説明ではなくパフォーマンスしている。この一章というか冬の部なんですが、冬の部は「枯れる」「(水が) 涸れる」プラス水や光のイメージ、この二つの組み合わせの様々なバリエーションで出来ている感じがあって、そのバリエーションにしかし驚くべき多様さがある。そういう感じがします。「**かなしみや枯木に鳥のよく見ゆる**(15)」という句がありますけれども、この句は自分の中に大きなかなしみがある時に、関係ないものを目は必ず映してしまうので、何かが見えてしまうことでなおさらかなしみが深まることもある。そういう心情的な体験として共感はできますけれども、これを「枯木」の中に置かれると、それがウェットなものではなくて、しかも鳥ってちょっと温かいイメージもある。枯れて乾燥した中で温かいものが見えていることプラスかなしみのかけ合わせで何かそういう経験があったということを全然別の角度から照らし出される感じがします。読者の側も、詩の言葉、俳句の言葉によって過去の経験が更新されて自分の人生がリアライズされていく。「**奥行きに降りこむ雨や花薺**(60)」これも「奥行きに」というのが変な言い方で、パースペクティブを出している。これが「林」だとか「林の奥に」とか言ったら簡単にわけの分かる話になるんですが、「花薺」が見えて「奥行き」がある。そこに雨が降りこむ。再構成すれば頭の中で絵は分かるんですが、「奥行き」というのは絵として見ている視線があって、ここで作者というか語り手の位置が割と特徴的に分かる。見者的というか、自分がその中で何かをやっていて、その行為を描くということではなくて、その世界に関わってはいるんだけれども、それが一歩引いて静かに見守っている感じの位置にいて、それによって甘美性を持たせるし、自分の情感を押さえ込むことによってかえって情念性も出てくる。押さえることによって色々不思議なものが出てくるという感じがします。この句集の幻想性は幻想文学的なやり方ではないんですよ。幻想文学はツヴェタン・トドロフという学者の分析だと、「日常の中に奇怪なものが介入して、それで主人公がためらう、驚く」という作用があると。これはジャンルファンタジーとは違う。ファンタジーの世界では竜が出てこようが妖精が出てこようが、そういうのが当たり前にいる世界だから誰も驚かない。ところが日常の世界に、たとえば突然亡霊が入ってくると主人公は驚くわけです。そういう風にためらいがあるのが幻想文学だと。そういう意味で見るとこの句集は、不可思議なものが介入してきた場面が描かれているわけではないんです。どこで不可思議なものが介入してくるかと言うと、表現の、言葉の次元の違いによって介入してくる。たとえば「**野のごとき机のうへの胡桃かな**(145)」これは直喩を使っているから割とそういう関係が見やすいんですが、机の上に胡桃がある。ここまでは当たり前ですね。そこへ「野のごとき」という比喩を出されることでそれが突然野原のイメージになる。机の上に野原が介入してくる。これが幻想文学で幽霊なんかが介入してくるようなためらいを生む。これは一番単純な例ですけれども、別の次元の言葉同士を組み合わせることによって、特別非現実的な事態を書いているわけではないにも関わらず、表現レベルでためらいと幻想を割り込ませる。それが別にこけおどしではなくて、ことばの組織の仕方を変えることによって、その言葉と俳句と自分の人生と、その三点の関係が新たな関わり方をさせられることでちょっと不思議な、美しいものに見えてくる。そういう効果があるように思います。「**枯蓮を手に誰か来る水世界**(23)」これは冬の部の、さっき言った枯れたものと水とのバリエーションの一つです「水世界」、世界という一つのまとまりをつける言葉を使っているので、これをやってしまうと平板にもなりかねないんですけれども、この句の場合は「枯蓮を手に誰か来る」というちょっと、まったくあり得なくはないけれど、なぜそんなことをしているのがやや不思議なイメージがあって、不可思議な登場人物が出てくる感じがあります。しかし「水世界」というまとめ方をすることは日常生活ではないわけです。あり得るけれどやや不思議なイメージと「水世界」という言葉の介入によって、立体的なものとして淡く非現実的なイメージのまま句があるリアリティを持って迫って来る。前衛短歌的なものとちょっと違うところは、世界に対する違和感がそんなに強烈にはなくて、世界に対して否定的ではないんです。「**子供らが来て祝日を雪にせり**（30）」というのがあります。これも実際の順序としては逆で、祝日で雪が降って、雪で遊ぶために子供たちが来たということになるんでしょうけれども逆転して「子供らが来たので、その子供らが祝日を雪にした」という順番になります。これも因果関係を変えただけの小細工というわけではなくて、祝日にたまたま雪が降ったとしても、それで終わったらそれだけのことに過ぎない。そこに子供らが来ることによってこういう関係が突然立ち上がり、世界に明るみがもたらされる。そういう局面が描かれている。言葉の繋がり方でさらに不思議なのは「**ゆゑに侘助水も己を不気味がり**（37）」というのがあります。いきなり「ゆゑに」という接続詞から始まるので、これもどう読んでいいのか分かりにくいんですが、倒置法的に水も己を不気味がっているから、そのために侘助も、という風にも読めるし、あるいはただ単に本当にぶった切って「ゆゑに侘助」から入る。この句の世界をそのまま受け取ってしまうというやり方もある。水が己を不気味がっているとは言ってますけれども、これは必ずしも平板な擬人法というわけではないんです。擬人法がよくダメと言われますけれど、あれは比喩として安直だからということよりも、擬人法を当てはめると、世界の自分以外のモノ性、事件性が消されてしまう、全部自分の心情の反映、説明になってしまう。そこで平板化されてしまうので、そういう擬人法だとまずいんですが、これはそうはなっていません。しかも「水も己を不気味がり」という、意思があっても不気味がっているという自分に対しての違和感がある。侘助と水自体はきれいなものだと思うんですが、そこからこういう人にはちょっと触れられない意識のようなものを拾ってくる。そういうところに触れられる文体というのが組織されているというのは面白いと思います。それから割と私が身近な素材で「**冬しんと筑波はうすく空を押し**(43)」というのがあります。「筑波」は筑波山ですね。筑波山というのは関東平野の中なものですから周りはほとんど平らで、遠くから山だけが見えるんですね。なので「しんと」「うすく空を押し」という措辞が言われると、確かにそういう風に見えるなという説得力は物件に照らしてある。ただその言い方として、「しんと」というのが空も風もなく静まっている。そして冬で空気も冷たい。その中で「空を押す」という見立てまではできるかもしれないんですが、「うすく」という言葉が入るのがすごく特徴的な手柄のような感じがしました。関東平野に筑波山があって、それが上へ向かって出っ張っている形なので、それが「空を押し」ているように感じているところまではついていけるんですが、「うすく」ということで、土の塊であるはずの筑波山も空気と同じ質感に同化していくような不思議な感じがあって、言葉の並び方、組織の仕方を変えることによって世界の見え方も変わって来る。そういうダイナミックな幻想性があって、それが作者の内界とひとつになっている。ここら辺の操作が句としては目新しいものなんだけれども、それがわざとらしくはなっていないというところで、かなり大変なことをやっている句集だと思います。その言葉の操作という面とか、今若手の一部に耽美性・審美性・雅さへ行く傾きがあると思うんですが、こういう動きが合わさった中のひとつの頂点だろうと思います。とりあえず以上です。

司会：一点を入れられた髙田さん、お願いします。

髙田：今お聞きしていて、幻想的だったり不思議だったりすることも、鑑賞する時に絵に置き換える作業をなさっていたのが印象的でした。というのは、私はそれをやるから上手く読み取れないんだろうかと思ってもいたから。そのこと自体はまずくなかったと確認ができたのが良かった、そこだけ拾うなと言われそうですが（笑）。私も理由が上手く言えないまでも好きな句、何か惹かれるなあという句を二〇句ばかり拾いだしています。開けていきなり「**鳴るごとく冬きたりなば水少し**（12）」「**よぎるものなきはつふゆの絵一枚**（12）」とあります。巻頭ですね。ここから何かわくわくする世界が始まりそうという予感にまず惹かれました。読み進めるうちにだんだん分からなくはなっていくのですが。この本が冬から始まっていることもあるかもしれないんですけど、この人は俗な言い方をすれば冬が一番好きなのかもしれないとも思いました。今「白のイメージ」というお言葉があって、そして「水」と「枯れ」のバリエーションだともおっしゃいましたけれども、私も引いた句の中の半分くらいが冬の章からでした。だから「水」とか「枯れる」とか、後は「光」がここに差し込んだりもしていますけれども、白いイメージに惹かれたのかもと、自分のことなんですけど今になって思いました。それから、「水界園丁」というこのタイトルから「水」という文字がこの中で何句使われているかざっと数えてみましたら、三十句くらいあったんですね。この句集には三百句までは入っていないです。二百五十〜二百六十句じゃないかと思うんですけれど、その中の三十句に水という文字があるのです。文字になっていない水もありますから本当に「水界」、水の世界なのですね。さっき「箱庭」とか「園丁として作っていく」という言葉もありましたけれど、この世界が今の生駒さんの世界なんだなあ。十年間の句集とありましたけれど、次の十年間は今度は水ではなくて火になるかもしれないし、十年ずつで世界をがらりと変えていくことになるのかもしれず、なんと面白いと思いました。一句一句について云々してそれがどうとかというよりも、「水」というものをテーマにしてこれだけのものを構築してしまう力量というんですかね、それに非常に感服しました。三位に入れたのはそういう理由です。

司会：佐藤さん、お願いします。

佐藤：皆さんのお話を伺っていて、ぼんやりとしていたことがだんだんとはっきりしてきたという気持ちで聞いていました。まず私が特にいいなと思った句を何句か挙げさせていただくと、これは髙柳さんとかぶりますけれど、「**にはとりの首見えてゐる障子かな**（21）」これはちょっとグロテスクな感じもあり、「見えてゐる」という言葉が割と多いんですね、生駒さんは。「見えてゐる」とか「あらはるる」とか。そういう視覚を直接言語化した言葉が割と多いと思いました。ただこの「にはとりの首見えてゐる」は言葉が生きている句じゃないかなという風に思いましたね。「**幸せになる双六の中の人**（32）」も髙柳さんとかぶっていました。私が一番いいと思ったのは、「**雲を押す風見えてゐる網戸かな**（95）」という句です。これも「見えてゐる」がとても意味を持っている動詞だと思います。さっき髙柳さんが、一枚隔ててものを見ているというようなことをおっしゃってますけれど、この句もまさにそうだと思いました。網戸ごしに外の雲を見ているんです。「雲を押す」って、これもさっきの「**冬しんと筑波はうすく空を押し**（43）」とかぶりますかね、「押す」という措辞が。「**雲を押す風見えてゐる網戸かな**（95）」これはある種写生も効いているし、二動詞なんですけれど、これは「押す」も「見えてゐる」もどちらも不可欠な感じで、そこにこの句の眼目があるんだろうと思います。今度は「あらはるる」なんですけど、「**あやとりに橋現るる夕立かな**（103）」これも非常に飛ばし方がいいと思いましたね。夕立の後に虹がかかるかのように、あやとりの橋ですから空間的に別の場所にある橋なんですけれど、こういう形で夕立と取り合わせたのは面白いし、これも「現るる」という動詞が非常に生きていると思います。それからこれは関さんが挙げていた句ですけれども、「**野のごとき机のうへの胡桃かな**（145）」これも直喩が非常に斬新で、感覚的な句ではあるんですけれど非常に説得されるというか引き込まれるようなある種の寂寥感が感じられて、大変惹かれた句です。取り合わせの句として私がいいと思ったのは「**抜く釘のおもはぬ若さ雁渡る**（128）」抜いた釘を「若い」と把握する感性も非常に素晴らしいし、「雁渡る」への季語の飛ばし方が、一気に空間が広がっていくような感じがして、大変新鮮な印象を持った句でした。抜いた句は関さんや髙柳さんとかぶっているものもたくさんありました。全体を通しての印象は、あんまり若々しくないと言ったら失礼かもしれないけど、ちょっとアンニュイというんでしょうかね、世の中を少し距離を置いて眺めているような感じなんですね。三十代の人って就職なんかでも割と苦労されている世代かなと思うんですけど、若々しいポジティブさがあまりないんですよね。ちょっとアンニュイな、世の中を斜に見ているという感じでしょうか。そこへ切り込んでいこうという感じでもない。そういうのが全体のテイストになっているのかなと。疎外感まで言ってしまうと言い過ぎなのかもしれないけれど、積極的にそこに立ち入らないというようなイメージが生駒さんの基本的な味わいなんだろうなという印象を持ちました。頂かなかったのはちょっと気になる表現として、例えばこれは後から出てくる藤田さんなんかもそうなんですけど、人称代名詞がとっても多いんですよね。「我」とか「汝」というようなね。そういう人称代名詞の句が、私も数え落としがあるかもしれませんが多分十句以上はあっただろうと思います。そこまで言わなくてもいいんじゃないかなあと正直思うものもいくつかあって。もうひとつ、割と動詞が多い。さっき二動詞の句も挙げましたけれど、三動詞の句も数えていくといくつかありまして、ひとつ例をあげますと**「ゐて見えぬにはとり鳴けば唐辛子**(140)」これなんかは三動詞なんですよね。多分さっきの意見を聞いていて思ったのは、見えるか見えないかというのがこの人の関心の大きなところを占めていて、だから「ゐて見えぬ」と丁寧に言いたかったんだなあということはちょっと私なりには分かったんですけれど、ただ普通の俳句の書き方からするとこの動詞はもう少し削れるかなあと思ってしまうところもありました。そういうところが全体として饒舌というか、人称代名詞も含めてですね、もう少し言わなくてもいいんじゃないかなと思った次第です。皆さんおっしゃるように、非常に魅力のある句集だということは私も感じております。最後はもう好みの問題になってしまうかもしれません。あんまりそういうことを選考委員として言わないほうがいいのかもしれませんが(笑)。取れない句も正直あるというところで三編には私は入れませんでしたけれど、皆さんが推される理由も理解しているつもりです。

司会：ありがとうございます。この句集についてほかに言っておきたいことはありますか。

髙柳：**「にはとりの首見えてゐる障子かな**(21)」はいい句ですよね。確かに倫理的・道徳的に言えばもっと外へ出よと、現実に体当たりせよということかもしれませんけれど(笑)、これはある、今を生きる若者の正直な考えを書いたということで文学者・詩人としては当然ありうべき態度なのかなという風に思います。私なんかはこの障子の句を読むと、「ああ、『進撃の巨人』だなあ」と（笑）。壁の中の世界なんですよね。暴力性みたいなものは普段は見えないように隠されているんだけれど、みんな壁の外にはそういう、自分をあっさり拒む、投げ捨ててしまうような厳しい現実があるということをどこか感じながら、でもこの庭の中で生きている。そういう「進撃の巨人」世代とも言うような感慨が出ているのかなあと思って。私はむしろそれが若者の考えとして正直なぶん、俳句に書き留める価値はあるのかなと思いました。その分、関心が現実ではなくどこに向かうのかと言ったら、彼の場合は言葉をフェティッシュに見るというのかな、言葉のフェティシズムみたいなところがあって、例えば「**道ばたや鯖の旬のゆきとどき**（56）」これは明らかに岸本尚毅さんの「アスファルトかがやき鯖の旬が来る」という句を踏まえているんだろうなと思うんだけれど、これは多分俳人にしか分からない。そういうところで遊んでいるとやっぱりどうしても読者が限定されてくるし、それでいいのかというところはありました。あるいは「**鳥たちのうつけの春をハトロン紙**（72）」という句も、この「ハトロン」の「ハト」は鳥の「鳩」がかけられているのかなあ（笑）とかね。こういうところで掛詞みたいにして遊ぶところとか。別にこれ自体が悪いわけじゃないんですけど、あんまり言葉のフェティシズムの方に行き過ぎるところに警戒もしつつ、もう少し関さんがおっしゃっていたような社会詠というのかなあ、社会にも目を向けてゆく。そういう句を読みたいなと思いつつも今の生駒さんの書き方としてはこれで非常に納得でき、迫って来るものがあったということです。逆に社会がないというのはこれからの彼の可能性として見てもいいのかなと思いました。

関：さっき佐藤さんがお挙げになった「**ゐて見えぬにはとり鳴けば唐辛子**[140]」ですけれども、確かに動詞が三つあるのでうるさい感じがするんですが、これの場合一番うるさいのは見える見えないよりも「ゐて」というのが最初にあるのが一番うるさいんじゃないかと。見えないところでも鶏が鳴いたら、いることは分かるわけだから、これは普通は言わなくて済むんですが、この句の場合は最終的に「唐辛子」という取り合わせに飛んでいくので、見えない鶏が鳴いた瞬間いることが分かった。それで存在することが分かったとたんにそのイメージが唐辛子に収斂した。つまり鶏が鳴いた瞬間唐辛子に化けたような、不可思議なイメージがちょっと出てきますので、そこを出すためには「ゐて」というのを言わなくちゃいけなかったんでしょうが、説明くさくなっている感じは多少はします。

藤本夕衣句集『遠くの声』

司会：次に五点句が二句集あります。『遠くの声』と、『椎拾ふ』です。藤本夕衣さんの『遠くの声』から伺いたいと思います。この句集は第二句集になります。一九七九年生まれの四十歳。二〇〇四年に「ゆう」に所属して、田中裕明に師事。「泉」「静かな場所」を経て現在「晨」同人。二〇〇八年に泉新人賞、二〇一四年に泉賞受賞。そして今年度の俳人協会新人賞を受賞されていて、俳人協会の会員です。髙田正子さんが三点、佐藤郁良さんが二点入れていらっしゃいます。髙田さんからお願いします。

髙田：この方は田中裕明さんのお弟子さんだった方です。その後綾部仁喜さんや大峯あきらさんにつかれたようなんですが、この若さにして先生三人が既に亡くなっているという、何とも言えない巡り合わせのお方です。好きな句は「**泥水のバケツに澄める小春かな**(8)」たいへん落ち着いた句だと思います。「泥水」から始まるんですけれども、それに上澄みができるほどの時間の経過が「小春」の中にあったということですよね。二つにきれいに分かれているというよりも、分かれたような分かれないようなそういう層もありつつ、とろっとした感じに「小春」をさらに実感している句だと私は思いました。この方も水の句が非常に多いです。「**悴みて空のいよいよ広くなり**(9)」悴んだことと空が広くなることは分かるような分からないような、そんな感じも若い女性の非常に美しい感性と思います。「**短夜の紀の森の水にほふ**(23)」「水匂ふ」という措辞もかなりあります。湖も多いモチーフです。この方は対中いずみさんや森賀まりさんの「静かな場所」にもいらっしゃいましたが、「淡海」というフレーズはあまりなかったような気がしますが、湖が出てくるとこの人の場合も琵琶湖かなあと思ってしまいます。水は非常に多いと思いました。「**月涼し家に寝息のあるごとし**(25)」これは「ごとし」と言わなくてもいいんじゃないかな。「月涼し」と「寝息」はつき過ぎと言われそうな関係にありながら、家というものに対するこの方のイメージを示しているように思いました。そして「**研究のための一室小鳥くる**(30)」という句、これは大学の研究室かもしれません。就職なさって自分自身の研究室を得たという句かもしれない。そんなことも思ったりしました。だから若い女性であるということだけではなくて、仕事をする人。その仕事が人に交じってばりばり動き回るというよりも、静かに研究を進めてゆくこと。この人の世界は働く人としても静かに広がってゆくんだなと思いながら読みました。さっきの『水界園丁』は自分の世界を好きなように、箱庭だったら箱の範囲があってその中を好きなようにデザインしてゆくというのが園丁の仕事でした。この人の場合は水が外に向かってしみてゆくように、その範囲は水の行先によって変わりながら、じわじわと広がってゆく。そういう解放感と言うんですか、外に向かってゆくところが、激しくはないんですけれどね、そういう向きが違うなあと思いました。「**街角に昔からこの冬日向**(37)」これはデジャビュみたいにも思えます。でも実際に知っている街角の冬日向に立ちつつ、昔から本当に変わらないなあと思っているのかもしれないし、まったく知らない街でそんな気になっているだけかもしれません。句意を示そうとすると曖昧になるのですけれども、自分の感性を信じるといいますか、信じて断定できる方と思いました。湖とか氷柱とか、好きなモチーフのきれいな句が色々並ぶんですが、そういったところに入ってくるのが赤ん坊です。お子さんはお二人のようです。これは最初の赤ちゃんだと思うんですが、「**湯に入るまへの赤子のくさめかな**(42)」というのがあります。「くさめ」のことしか言ってないんですけどね。もたもたやっているうちに赤ちゃんがくしゃみをしてしまった。別に本当に冷えきってくしゃみをしたわけではないんだけれど、でもきっと新米のお母さんや近くにいる人がわあ大変とか言いながら大騒ぎをして沐浴させただろうなあ。これまでの世界に突然色の違う、動きの違うものが入って来て、世界がからっと変わるんですよね。それを一つの季語、くさめならくさめでもって、その前後の動いている世界を読者に見せてくれる。そういう力もある人ですね。子どもの句で言えば「**泣きやみし子の悴んでゐたりけり**(92)」「**子のひたひ広げて玉の汗ぬぐふ**(101)」子どもの額を広げる、というその仕草は本当にやったことのない人にもなるほどと思わせるのではないでしょうか。「**水遊び大きな陰をつくりけり**(102)」水遊びをしている子がどうのこうのという句はたくさんありますが、それをさせるために「大きな陰」を先に作ったということですよね。だからこれは子どもではなくて、初めて子に水遊びをさせるために汗をかきながら陰を作ってあげている大人の句です。雪だるまの句もありましたね。「**夜を越えし雪だるま透きとほりけり**(120)」という句。これなんかもやっぱり子どもを得て作った雪だるまだからこそ、と読める句でしょう。この一句だけを読んでどう評価するかという話ではなくて、この句集の中に置かれた雪だるまの句として読み取りたいわけです。そういう前後関係に影響されながら読むことも句集を読む楽しみの一つだからと思っているので。で、二人目の子どもがやがて誕生する。「**十五夜を待つて赤子の生まれけり**(156)」「月が満ちる」というのとついているかもしれないんですけれども、産む側の立場からすれば、赤ん坊は「十五夜を待つて」いたんだと。「待つ」というこの言葉に次女に対する寿ぎや、無事に生まれてきてくれたという安堵感が込められています。子どもの句は女性に限らず男性も、経験の有無を問わず、色んな人がこれまでにも詠まれているんですが、この人の場合、経験をしつつ、あんまり手垢のついていないところが、この人のやり方で詠めているんではないかなあと思います。だからそれが力のこもった一球としてこっちに飛んでくるので、ありそうな子育て俳句としてではなく受け止められるのだと思いました。子育て俳句からちょっと外れますと「**真青な空のなかへと泳ぎけり**(133)」十五夜の句より少し前にあるんですが、これは誰も泳いでいない水ですよね。足跡のついていない雪とかいうのはよくありますけれど、誰も泳いでいない、跡のついていない水が見えてくる。この人は水のバリエーションがいくつもあるんですけれども、自然の中の外から見ている水だけではなくて、自分がそこに入っていくとか自分との関わりでもって、大好きなモチーフを直接擱むという捉え方をしている。傍観者として見ているだけではなくて、自分でアクションを起こしながら捉えていける人ではないかなと思いました。タイトルにもなっていますが、「**野遊の遠くの声に呼ばれけり**（164）」これはその前後の句からとらえますと、子どもと一緒に野に遊んでいるときの句、子どもに呼ばれたのかもしれないと読み取れる句なんですが、じっとこの句だけを見つめておりますと、そしてタイトルにも取られているなあと思ったりもしますと、最初に申し上げた亡くなられたすべての先生方のこの世のものではない声かもしれない。人ではない、何か分からないものに呼ばれているのかもしれない。そういう風にも読めてくる。だから「野遊」という生活の季語を使いながら、「遠くの声」に呼ばれ、それを捉えた。覚醒のようなものかもしれない。だからそれをタイトルに持ってきたところにこの人の覚悟を感じました。以上です。

司会：二点を入れられた佐藤郁良さん、お願いします。

佐藤：非常に透明感がある、読んでいて心地よい一篇という感じでしたかね、全体的な印象として。まず前半のいいと思った句をいくつか挙げさせていただくと「**掌にみづうみの水なつやすみ**（24）」これは田中裕明の「**みづうみのみなとのなつのみじかけれ**」に対するオマージュのような感じも受けます。ひらがな表記も非常に効果を挙げている句だと思いました。それからやっぱり湖の句ですが、「**みづうみの沖に日の射す氷柱かな**（40）」遠景の「みづうみ」と近景の「氷柱」の対置が鮮やかです。それから、この方の子育ての句は大変いいと思いました。髙田さんもたくさん挙げてくださったんですが、私が一番好きだったのは「**育つことかなしくもあり初氷**（88）」という句です。これはやっぱり母親になった人の実感かなという風に思いました。子どもが育っていくということは当然嬉しいことでもあるんだけど、だんだん自分から離れていってしまうという意味では、母親としてはもうちょっとこのまま幼くいてほしいという気持ちも一方ではあるんだろうと思うんです。その辺りを非常にストレートに言葉にされている句なんですが、「初氷」という季語がその思いを上手く受け止めてくれているんじゃないかと思いました。同じようなタイプの句で言うと「**掌の母らしくなり寒の水**（150）」、実際に寒の水をすくっているのは作者自身なんだろうと思うんですけれど、自分の手というのを客観的に捉え直している感じ。お子さんが生まれる前の自分の手と、母親になってからの手とでは様相も違うだろうし、所作も当然変わって来る。そういう中から母親としての自分のあり様というものを再発見していく感じですかね。この辺りは子育ての句としていいところに行っているんじゃないかなあと。一方で、海外詠はちょっと大味だったかもしれません。端的なところをあげると十四〜十五ページ、スペインの句ですかね。例えば季語だけ見ていくと「春の暮」「日永」「遅き日」みたいな大きい季語が並んでしまっているんです。この辺は、少しもったいないなあという風に思った部分です。その一方で、生駒さんとの違いを言えば、この方には生活者としての実感があります。特に子育ての句にそれを強く感じたということです。後から出てくる松本てふこさんなんかはもっとある意味社会の中でとんがって生きている感じがしますけれども、藤本さんの方はもう少し調和的に、世の中とかご家庭と上手く折り合いをつけて生きている方という感じがしますね。その辺りを好意的と見るのか物足りないと見るのかというところで、意見が分かれてくるところがあるんだろうなとは思いつつ、非常に自然体の感じに私は好感を持ちました。ただ、一席には物足りない感じは正直あった。全体的としては好意的な印象を持って二席で今回推させていただいたということです。

司会：残りのお二人は点を入れていらっしゃいませんが、まず関さんお願いします。

関：『遠くの声』は全体的に気分のいい句集で、好きな句集でした。技術的にまずいところやこの表現はどうかというものを気をつけて拾おうとしてもそんなに出てこない句集で、強いて挙げるとしてもせいぜい二、三句。「**接木して四十六億年のまへ**(13)」という句のこの「四十六億年」は割と手垢のついた発想なんじゃないかということと、あんまりリアリティがない、ちょっと観念が先走った句なんじゃないかということ。「**襖絵の銀のさびをり神の留守**(142)」ここで「神の留守」がついちゃうのはちょっと流れちゃうんじゃないかなとか。「神の留守」って割と何でもつきますからね。「**鳥もまた土へとかへる星月夜**(59)」これも「もまた」で「星月夜」だと一般論化した上に小ぎれいになりすぎなんじゃないかという。強いてあげてこの三句くらいでした。他は大体みんないいので、好きな句や良かった句を挙げると無数に引けるという句集なんですが、しかし句集全体としては際立った印象は特にないという、賞としての評価には困る感じでした。さっき髙田さんが色々挙げて下さったんですが、水がしみ込むように外界と繋がっている感じですね。『水界園丁』とはまた別な形ですが、これもまた一種の箱庭というか、かなりの選別が材料に対してある句集だという気がします。この世界の中で好ましくないものは入ってこないし、『水界園丁』とはまた違った形での様式化、例えば句集一巻を読んでみて絵本の中のような、この世界では危険なこと・好ましくないことは何も起こらないという不文律みたいなものがあって、その中で外の景色が描かれる。お子さんのことなども描かれる。こういう形にすると、自分の暮らしに自足しているという嫌な感じも出てくることが多いんですが、それがほとんどなかった。そういう意味で非常に爽やかな句集でした。ただ田中裕明のような空間の中に変な怪しげなものがちらちら見えるというような感じじゃなくて、わけの分からない要素があまりにもないのが言えばちょっと物足りないという感じがしました。怪しいものを書いている句もあるにはあるんですが、例えば「**子どもらにひとだまの出る大枯木**（64）」これもやはり、人魂が出ても人畜無害な既知のものという感じですね。それはそれでいいんですが、怪しいとか得体の知れないものとしての世界は出てこない。「**けふ眠るところ氷柱のあるところ**（7）」これは外泊先なんでしょうけれど、寒い土地に行ってそこで泊まる。その時に氷柱があるというのが目につく。今日眠るところを氷柱のあるところという風に把握する。これはその氷柱のある土地や宿に対して慕わしさというか愛情みたいなものが感じられます。それが外界に対する、あまり俳句的な手垢のついた土地褒めのではなくてどこか透明感のあるものが感じられます。「**地面よりつめたき風や蝸牛**（18）」これは蝸牛の句で「つめたき」はこれだけで冬になっちゃいますから季重なりのようにも取れますけれども、これは日常空間に密着した季語とはちょっと別なレベルの「つめたき」でしょうね。蝸牛がいて、それと自分とを結びつけるような形で感じています。そこで地面が出てくるんですけれども、地面という固い、実体感のあるものを書いているにも関わらず、その蝸牛との間に風が吹くとその全てが非常に軽やかなものにも感じられて同時に物質的なリアリティも逆に出てくる。「地面」と「つめたき風」と「蝸牛」のコントラストみたいなものが上手く描かれている。それを単に見ているだけではなくて、その中、句の空気の中に作者がいるんだなということが感じられます。「**木の影のまじはらずあり更衣**（21）」これも更衣と外の景色との取り合わせですけれども、木の影は交わらないと、それがすっぱり分かれていていてしかし同時に並んでいるというすっきりした感じが更衣に合う。

そういう、感覚的なところで合わされていて、すごく自在というか、読んでいて気分がいい、風通しがいい感じがします。「**秋の日のプラスチックのおもちやかな**（30）」これはどういうおもちゃかという手掛かりは材質以外何もない、ある意味象徴的な言い方ですし、季語も「秋の日」なんですけれども、この二点だけである風情というか、そういうおもちゃがある暮らしぶりというものがある。これも子どもの句のバリエーションのひとつかもしれないんですけれども。お子さんが出てくる句を私、あんまり拾ってないのかな。人事句では「**花婿の父の酔ひたる涼しさよ**（133）」というのが出てくるんですが、花婿のお父さんが酔っぱらっているという割と暑苦しい光景なんですが、それを打ち消すように「涼しさよ」というのがつく。人事関係でも嫌なところは書かない。嫌なものが出てきたら季語で中和するということをやっていて、それで全体のトーンが揃っている。「**野良猫の頭よせあふ草の花**（139）」飼い猫じゃない野良猫で、それが頭を寄せ合っているというのは何てことはない書き方ですが、これもちょっと猫の描き方としては意外とないんじゃないかという気がしました。これで殊更可愛らしい演出をしているというわけでもないですし、寄せ合った頭が触れ合う感触みたいなものも感じられて、最終的に季語としては「草の花」という情感の中にまとめられるので、これも野良猫どうしがくっつき合っている温かさに留まらない、涼やかな景色みたいなものに最終的にまとまる。どこと言って文句をつけるところはないんですけれども、裕明賞としては正岡子規から仮に数えるとしても百数十年ほどの近現代の俳句の最先端である二〇一九年の句集から一冊を選ぶとしてこれが来るかどうかという意味では特筆すべき新しさは感じるには至らなかったというところです。以上です。

司会：では髙柳さん、お願いします。

髙柳：皆さんご指摘頂いているように、やはり田中裕明さんの詩情にも似た透明感のある作風でした。田中さんに比べると写実性に重きを置いているというのか現実寄りの表現が多かったと思います。私はこの句集の中ではそういう実感のある句というのかな、四季折々の自然に向き合った句に惹かれました。「**地面よりつめたき風や蝸牛**（18）」先ほど関さんも挙げられていた句ですよね。「**片耳のとばされてゐる雪兎**（68）」「**野良猫の頭よせあふ草の花**（139）」「**草笛の鳴らずに雨のにほひする**（153）」この辺りは写実的な表現がしっかりできていて、視覚や聴覚と言った五感、その場の雰囲気まで感じられてくるいい句なんじゃないかと思いました。もうちょっと遊びごころというのか、語弊があるかもしれませんがふざけた・不真面目なところがあっても良かったのかなと。私の俳句観ですと、俳句に向き合う姿勢はもちろん真摯なものでなくてはならないと思いますけれども、内容はあまりに真摯であったり真面目であったりするとちょっと俳句の本義にそぐわないということになっちゃうんじゃないかと思っています。田中さんはその点では遊びごころというか、そういうものがあった作風だと思います。この句集の中では対象に真摯に向き合い、俳句に真摯に向き合うというところは伝わってきたんですけれど、内容的には例えば「**どの絵にも前のめりして秋の人**（84）」美術館で一つ一つの絵を熱心に見ている。今人気の出物の絵があるのかもしれませんね。そういう美術館の風景がよく見えてくる。この句自体はいいんですけれどね。例えば田中裕明さんの「木枯やいつも前かがみのサルトル」なんて言う句と比較しますと、「前のめり」「前かがみ」という言葉の使い方が似ているところがあるんですけど、やはり藤本さんの対象に向き合う真面目さみたいなものが引き立ってくるのかなと思います。そこが私としては食い足りなかったところもあったということでしょう。「**己が影じつとみてゐる寒鴉**（145）」これはやっぱり芝不器男の「寒鴉己が影の上におりたちぬ」有名な句がありますので、それをパロディしたのかなあと思ったんですけれど、ちょっとパロディになり切れていないところ、類句になってしまっているところもあるんじゃないかと。あるいは「**真青な空のなかへと泳ぎけり**（133）」「**聖堂を涼しき風のとほりをり**（180）」「**一斉に鳩のとびたち日短か**（173）」の辺りは少し平板な句ではないかなと思います。その意味でちょっと新しみというところでこちらに迫ってくるものが私には乏しかったということでした。以上です。

司会：ほかに、この句集に関して言い足りなかったことはありますか。

髙田：藤本さんは今四十二歳の方なので、おそらくさっきの生駒さんが「今は水の世界で遊んでいるけれども、この先の十年は違う世界で遊ぶんじゃないか」というのと同じように、藤本さんもこの先は澄んだ水を飲んでいるような世界でないところに自ずと行かざるを得ないというか、そんなこともあるでしょう。この人の場合はそうしたいと意図するより周りに応じて変わってゆく人という気がします。「**ほんたうのかなしみ知らず水草生ふ**（46）」という句がありましたが、この句自体は特に印象に残った句ではないんですが、例えばそういうことを知ってしまうと絶対に変わる、というように。皆さんがおっしゃる遊び心が足りないとか食い足りないというのは、確かにその通りかもしれない。ただ、今仕事をしつつ一人の女性として生きていく中で、母親になって新しく生まれてきた命にこの世界のよろしさをまず教えてあげたいと思う。そういう視線でもって世界をとらえなおすと、子どもに与えたいものがまず強烈に訴えかけてくる。だから今のこの人の世界を統べているのは、そういったよろしさであり、透き通った綺麗なものなのだと思います。さっきの『水界園丁』があの水の世界をひとまず十年間の括りとして、この先はまた別の話としてよかったように、藤本さんのその遊びのない、言ってみれば精いっぱいの今の世界が透明感に満ち満ちているのは、今のこの時点の彼女として完成された世界を描いているのではないかなと私は思います。以上です。

藤永貴之句集『椎拾ふ』

司会：では次の句集に進みたいと思います。藤永貴之さんの『椎拾ふ』。藤永さんは一九七四年生まれで刊行時点で四十五歳。福岡県にお住まいです。俳誌「惜春」を経て「夏潮」所属。二〇一七年に夏潮の第一回満潮賞を受賞して、二〇一八年では第二回の満潮賞を受賞されています。俳人協会の会員です。三点を入れられた佐藤郁良さんからお願いします。

佐藤：やりたいことがはっきり見える句集だったと思います。愚直な写生句というのか、そういう感じでぐいぐい押してくる感じの一集で、逆にそれがこの十一点の中ではある意味で目を惹いた。そういうことは言えるだろうと思います。いくつか句を挙げさせていただくと、「**薄氷の面うつすら水を敷き**（42）」写生の目の効いた一句だと思いますね。あるいは「**大いなる冷蔵庫ある帰省かな**（50）」こういうのも非常に堂々たるいい句だなという感じを受けました。「**夕立にちから加はり来たりけり**（72）」夕立をこうやって一物で詠もうとは、普通俳句をやっていてもなかなか思わないですよ。夕立という現象を真正面から捉えて一句にする。こういう力はなかなかのものではないかなと思います。「**黴の宿釘一本の帽子掛**（90）」こういう素材の拾い方なんかもある意味俳句的なんですけれども、「述べない態度」というのが非常に徹底しているなと。どうしても動詞を使ったり副詞を使ったりして述べたくなってしまう人が割と若い人の場合は多いんですけれども、この人の場合にはとにかく名詞と、助詞の「の」だけで描く。こういうスタイルをしっかりとできるというのは力がある人かなという風に思います。後はこの方の句集全体を通して感じたことは、動植物の季語が圧倒的に多いですよね。恐らく今回の十一編の中で動物植物を一番丁寧に詠んでいたのはこの人じゃないかな。これは挙げればキリがないので挙げませんけれど、非常に細かい動物植物の句が多い。そういうところに自信を持って普段から俳句作りをされている。これはこの句集のひとつの大きな特長だったろうと思います。九州にお住まいだということが出ましたけれども、九州の風土とか歴史だとかそういうものに立脚した句も非常に多かったですね。いくつか挙げますと「**伊都國の夜の暗さや牡蠣啜る**（62）」「伊都國」なんて昔の国名が出てきますし、「**ド・ロさまをみな知つてをりクリスマス**（124）」これは長崎にド・ロ神父という人がいましたけれども、そういう長崎であれば誰でも知っている人の名前を詠んでいくとか、あるいは非常にタイムリーな句になってしまいましたけれども、「**人吉に水のあつまる夜涼かな**（134）」という句があります。人吉が洪水になったのはこの句集が出てから後のことですけれども、もともと人吉というのは球磨川の清らかな水の恵みに支えられてきた城下町です。九州の地名とか旧国名、人名などを非常に巧みに使われている。器用にと言いたいわけではないんですが、そういうものをしっかり丁寧に取材してそれを作品として残されている。その結晶がこの『椎拾ふ』という句集になっているんだと思います。ここが、私が一番共感を得たところですね。後はもう一つ挙げるとするなら割と古風な言葉遣いにこだわっているところです。「**激つ瀬の音に暮れゆく紅葉かな**(59)」「激つ瀬」のような古歌に出てくる言葉を意欲的に取り入れようとしている。鹿のことを「かのしゝ」と詠んでいる句もありましたけれど、そこまでするかなあとは逆に思うところでもありました(笑)。そういう古語とか漢語的な表現に意欲的に挑戦されている。それが全部成功しているかどうかは別問題ですが、自分なりの工夫をされている方だなと思いました。とにかくご自分の文体をしっかりと持っていらっしゃるということは、強く印象として持ちました。そしてそれを迷わずにやっていらっしゃる。そういうところに私は非常に好感を持って一席に選ばせていただきました。

司会：二点を入れられた髙田さん、お願いします。

髙田：佐藤先生と同じなんですけれど、的確で正確な言葉の選択と使い方をしていらして、間違っているところってないんじゃないかな。どうしてこの言葉を選んだのかなあという感想を抱いたものはいくつかありましたが、絶対にいけないものはなかったと思います。ただ途中で辞書を引かなくてはいけない言葉が出てきたりするので、すべての人にすぐに分かるかと言われるとそうではないですし、スピード感だったり弾んでいる印象だったりはないですね。一物仕立てが多くて、しかもすぐれています。例えば「**花つけてゐる数珠玉のやはらかき**(54)」そりゃあ柔らかいだろうというところですが、数珠玉の花と実の両方ある時を捉えてこう詠めるかと言ったら、なかなかできない。巧いです。「**はなびらを押しつけあつて木瓜の花**(85)」木瓜の花もどうしてあんなにぎゅうぎゅうと押しくらまんじゅうをしているように咲いているのかなあと思いますが、やっぱりこうは詠めない。

星野立子にも「近づけば大きな木瓜の花となる」という句があって好きなんですけど、それとはまた違った、最初から近くで見つめていますよね。そういう句であるとか、「**鶏頭の襞や畳みに畳みたる**（100）」とか。挙げていくとキリがないのでこの辺にしておこうと思うんですが、よく見て正しく描写している句が多いです。こういう一つ一つの積み重ねの上にこの人は今いるんだなと思うと、たいへん好感が持てます。一つのものに近づいてみるだけではなくて変化にも敏くて、例えば「**鉄塔の脚のあらはの刈田かな**（57）」は脚があらわなことが言いたいわけではなくて、何か昨日と感じが違うな、そうかさやさやしていたものがなくなってしまったんだ、だって脚が全部見えているじゃないかという、驚きの句じゃないかと思います。「**蟻入つてすぐに出てくる蟬の穴**（163）」は、入ってすぐに出てくる、「入っていっちゃった」って見ていたんですね。私は私はとぐいぐい主張してくるのではなくて、でも見ているのはこの人の目だし、耳だし、すべてがこの人なわけです。それを季題を通して出してきているのですよね。確かに地味。だけどそういう己のあり方というのは非常にいい。若い人には珍しいかもというくらいで、貴重な存在感だと思いました。人事句を挙げさせていただくと、「**祖母を知るばかりの墓を拝みけり**（137）」は「**ホームセンター裏とはなりぬ墓洗ふ**（136）」という句もありましたが、先祖代々の墓だけど、祖母しか知らない。だから父親母親は健在なこの人の年齢のほどや、代々を守っていくことになるこの人の生活のあり方がわかります。「**涼しさをとり戻したる死者の顔**（178）」これは本当に誰かを看取られた句ですね。「鷹」２０２０年7月号の小川軽舟さんの編集後記に、「涼し」について「『目元が涼し』というのは慣用表現であって季語の「涼し」には当たらないと句会で見かけるたびに注意してきた」という一文があったんですけど（笑）、この句の場合は変化をとらえているので、体感の涼しさとは違うけれども、こういう「涼し」は実感があって私は良いと思う。頭だけで作っていない。概念だけではなくて、すべて自分で確認しながらひとつひとつ、味を確かめるように一句に仕上げている。そういう姿勢は昨今は稀になって来ているのではないかと実は思っているのですが、非常に得難い資質なのではないかと思いました。以上です。

司会：有難うございました。では関さん、お願いします。

関：藤永さんの句集もですね、藤本さんの句集と一緒で欲張っていない良さがある。世界と調和的でその分表現は等身大で常識的に納まっていると言えば言えるんですが、その中での充実というものがある。藤本さんの句集が割と皮膚的なところで出来ている感じだとすると、『椎拾ふ』の方は肉の部分がいっぱいある気がする。その肉のある分厚い感じというのはさっき佐藤さんがおっしゃった、動植物の写生が多い。しかも一物の写生が多い。それがちゃんと出来ているというところから来る。もう一つは肉厚な感じがするというのは、ユーモアがこの句集にはあるんですね。「**ホームセンター裏とはなりぬ墓洗ふ**（136）」これが現在の日本の郊外の生活の普通の写生にもなっていますけれども、代々のお墓がホームセンターが近くに建ってその裏側になってしまった。そのことに対して諦めているようなおかしがっているようなユーモアがあって、しかもその出し方がどぎついものではなく、変化は変化として受け入れている泰然とした品の良さみたいなものもある。「**スリッパに海女の名マユミ、カズ、ヒデヨ**（115）」こういう発想ももしかしたらどこかにあるのかもしれませんけれども、これも海女の名が書いてあるスリッパがあるというだけなんですが、「マユミ、カズ、ヒデヨ」と名前まで書かれるとユーモラスになります。写生がそのままユーモアになってあざとくないというのがこの人の美質の一つだろうと思います。他のもうちょっと抑え気味の句でも、「**塵取にとられし雹やくつゝきあひ**（132）」これなども写生が効いていて、降ってきた雹をちりとりで取ったらそれらが氷どうしだからくっついてしまう。意外な動きを示したという局面をすくって、それで雹のリアリティが出る。これもほとんど雹の一物に近い作り方だと思いますけれど、「くつゝきあひ」と言うのが意外性とともに多少のおかしみもありますよね。「**飛魚の飛びつゝ曲がり行けりけり**（49）」飛魚が海面を滑空していて、飛びながら曲がるということが見ていたらあるんでしょうね。これは私は身近にあんまりいない素材なもんで、「ああ、そういうこともあるんだ」とちょっと感心しました。「**割箸でつまめば硬し土瓶割**（163）」これも写生がそのままユーモアにつながるというところで非常にふくよかな厚みと穏やかな受容性のある、そういういい句だろうと思います。写生重視であまり物を言っていない作風ではあるんですが、例外的に物を言っているところがあって、「**青柿や俳句に作りごと要らず**（91）」俳句に関する作句上の信念みたいなことを直接句にしたのがあって、俳句の中で俳句や詩を詠むのもあんまり数は作らないほうがいいですが、これの場合「作りごと」というのをどう捉えているかですね。言葉で表現したとき、そのレトリックや捉え方はフィクションには当たらないのか、作りごととは何かということに関してはばっさり切り落とした捉え方を俳句と言語に対してしているので、これがちょっとナイーブに見えてしまう。そういう目で見ると写生だけでなくて先行句との関わりが明らかにある句がいくつかあって、「**げんこつの如く大きく鶏頭花**（55）」これは岸本尚毅さんの「てぬぐひの如く大きく花菖蒲」と形が一緒で、植物の写生で直喩です。岸本さんの句に対してパロディとか本歌取りになっているかというと、同レベルのバリエーションを作っただけに終っていないか。「**木の葉ふりやまずいそざる木の間〳〵かな**（60）」これは出だしがどうしても加藤楸邨の「木の葉ふりやまずいそぐないそぐなよ」を思い浮かべざるを得ないんですが、加藤楸邨は俳句にするにはすごく過剰なことを木の葉に託して言っている。俳句として扱える範囲をはみ出しかけたところへ無理やり力技で行っている感じがするんですが、その力技的なところを落としてしまってもう一回木の葉の降っている情景の写生に戻してしまっている。「**桐一葉塀をこすりて落ちにけり**（138）」これもいい句なんですが、やはり高浜虚子「桐一葉日当りながら落ちにけり」の中七が変わっているという形ですね。「日当たりながら」という一か所だけ日が当たっているという形でリアリティを出した虚子の句に対してこっちは塀との接触、それによって起こる音という局面から桐一葉が落ちてゆくことをリアリティを感じさせる作り方をしているんですが、これも虚子の句を踏まえてどうにかするという形ではなくて、形だけが残っていてそれを同じレベルのバリエーションで作ったという感じがするんですね。先行句との関係、俳句の歴史において、新しみが出るか出ないかというところであまり感じられないというのは、こういう体質があるんじゃないかと。つまり前の句があったらそれを土台にして乗り越えてとかそういう利用の仕方をこの人はしないので、先行句の形で身についてしまっているものは自然の風景や事物と同じ扱いになっているんじゃないか。ここら辺の表現として欲張らないところがいいのかどうか、それぞれそれなりの名句にはなっていますけれど、元の句と比べたときにより平板化、散文化している感じが多少するので、この辺はあまりいいところではないんじゃないかと思いました。それとは別にいい句を挙げていくと際限なくあります。以上です。

司会：では髙柳さん、お願いします。

髙柳：花鳥諷詠客観写生の、現代的意義を感じさせる作風だなあと思いました。虚子のメソッドというのが現代的で決して古びていないというのか、十分こういう佳句を生むことができるんだなということを知らしめてくれた作者だと思いますね。いい句を挙げていきますと「**瀧水の全部が粒に見ゆるとき**(179)」滝は大変フォトジェニックですので客観写生とは相性がいいと思うんですよ。後藤夜半の「**滝の上に水現れて落ちにけり**」をはじめとして、滝の名句がホトトギスからたくさん生まれていますけれども、これは新たな滝の名句と言ってもいいんじゃないかなあと思います。カメラを一瞬止めたような感じです。止めて見ると、直線状だと思っていた滝の水というのが一つ一つ水の粒が見えるようだという風に捉えた。滝という対象を新鮮な角度から捉えた句ではないかと思います。「**焼網の下へも餅の膨れをり**(197)」これも細かいところをよく見ているなあというタイプの句ですよね。普通は上にぷくーと膨らんでいく餅を捉えるものですけれど、下を見てみると、下の方にも伸びている。言われてみればそうなんだけれど、なかなか言語化されていないところを突かれると、広告でいうところのシズル感というんでしょうか。餅の焼ける匂いや熱までも感じさせるような感覚が手渡されていると思います。「**スリッパに海女の名マユミ、カズ、ヒデヨ**(115)」これは関さんも挙げていらっしゃった句ですけれどね。これは名前が「マサコ、キミコ、ウイコ」だとダメなんです。それだと上手く入らない。たまたま見かけたこの「マユミ、カズ、ヒデヨ」が俳句にすっと入る。そして並べてみると何か押韻というか響きの上のリズミカルな面白さが出てくるというのを把握して即座に一句にまとめる、この瞬発力ですね。これには感心しましたね。「**網戸ごし人が廊下に寝てゐたる**

(238)」これは先ほどの生駒さんの句にも網戸だったり障子だったり、そういう物ごしに物を見ている句があって。そこでは網戸や障子というのは季語であり、同時に何かの象徴であったという、そういう使い方をしていましたけれど、この句では「網戸」は完全な季題としての「網戸」なんですね。一句全体に涼しさが感じられる。網戸にして、風通しをよくして、人が涼しそうに寝ている。やっぱりこういうところに、生駒さんとは違う彼の書き方がちゃんとなされているなあというところです。ちょっと表現のパターン化が気になるところはありました。ざっと言いますと「**虎杖の花虎杖の葉にこぼれ**(94)」「**己が葉になだれかゝりて花あしび**(111)」リフレインが多いんですよね、花と葉を重ねたり。「**造花の桃生花の桃と雛壇に**(128)」というのもそうかな。リフレインで同じ言葉、似た言葉を繰り返してまとめてしまうところは、彼の中での一つのパターンになってしまっているのかなと。「**星ぜんぶ落ちて来さうや星月夜**(96)」という句がありますけれど、これも「星」が出てきて最後に「星月夜」。「星」を重ねているんですよね。ちょっと私からするともったいないな、という感じがしてしまいます。「星ぜんぶ落ちて来さう」と書いて秋の季語が来れば、「星月夜」は自ずと分かるのではないかと思います。こういう時は季語で何かもう少し違うところに目を転じて、句の世界を広げて行ったほうがいいんじゃないかなと。パターンに落ち込むと、内容の幅、詠めることの幅も狭まってしまうんじゃないでしょうか。後は関さんも触れていましたけれど、私も「**青柿や俳句に作りごと要らず**(91)」はちょっと引っかかりました。虚と実の問題は俳句史の中でも非常に重要なテーマでありまして、こう単純に割り切ることはできないんじゃないかという風な抵抗を感じたところはありました。そんなところです。

松本てふこ句集『汗の果実』

司会：ありがとうございます。次に行きたいと思います。四点をお取りになった、松本てふこさんの『汗の果実』です。松本てふこさんは一九八一年生まれでこの句集の刊行時点で三十八歳。二〇〇〇年に早稲田俳句研究会で俳句を始め、二〇〇四年に「童子」入会。辻桃子に師事。二〇一八年、第五回芝不器男俳句新人賞中村和弘奨励賞を受賞。「童子」同人でいらっしゃいます。髙柳さんが二点、関さんが一点、佐藤郁良さんが一点を入れられています。髙柳さんからお願いします。

髙柳：今回の候補作の中で最も俗に向き合っているというんでしょうかね。先ほど生駒さんの句について「箱庭的世界」と言いましたけれども、箱庭の外にはもっと穢れたものや邪悪なものや暴力的なものが実際は溢れているわけですよね。詩人の態度としてそういうものとは違う自分の内面的世界に美しいものを構築してゆく。そういう作り方もあるんでしょうけれど、この作者はちょっと違うと。そういう世界の外の汚辱や暴力にしっかり向き合っていこうという態度ですよね。ですので一句一句が俗を受け止める力強さに満ちているというのか。響きの上でも非常に力強い作り方で書かれているなというところです。いくつか例を挙げていきますと、この表題句も良かったと思うんですね。「**ボクサーを汗の果実と思ふなり**（94）」「思ふなり」が何とかならないかなとも思いつつ、汗にまみれてもしかしたら血しぶきもあるかもしれない。そういうボクサーの体を「汗の果実」という風に捉えた。汗をかいて、垂れ流しながら生きている我々人間のありよう。でもそこにもまた美しさというものがあるんだということを、教えてくれているようです。「汗」の季語を輝かせたという点で、表題句に相応しい骨太の句だったかなあと。「**炊飯器買つて良夜を帰りけり**(59)」いわゆる生活者としての視点から詠まれているもので、良夜だからと言って野の芒だの草だのを手折ってくるとか、手の込んだお団子や煮物を作るわけではなくて、今日したことと言えば炊飯器を新しく買ったことだということです。ここに良夜を実際に過ごす今の人間のリアルが書かれているなと思いました。でもそれでどこかしら炊飯器の白くて丸いかたちと、まん丸のお月様のかたちは重なってくるようでね。この「良夜」という季語もちゃんと生かしている句ではないかと思います。「**花人や社畜社畜と笑ひ合ひ**(9)」これは最初の方の句ですね。「社畜」なんて言葉ね、非常に流行語というか(笑)今大変問題になっている言葉ではありますよね。でもみんな「お互いに社畜だね」なんて言いながらそれでも力強く生きている。そういう私たちだって花人になれるんだ。これもまた生活者と詩人としてのあり方を両立させていこうという、腰の据わった作者の生きざまが感じられるという点で良かったんじゃないかと思います。とにかくバラエティが豊かであって、時に俗に傾きすぎている句もあることはあるんですけれど、そういう句は逆に読者にポエジーって何だろう、詩情とは何かということを問いかけているような気もするんですね。詩情といえば現実離れしたことを詠むのが詩情なのかと。「湿布」とか「炊飯器」は詩にはならないのか。いや、私が詩にして見せる。そんなような作者からの問いかけがこの句集には満ち満ちている気がして、それが私には大変魅力的でした。ただ一方的に作者が語るのではなくて、読者とカンバセーションするような、そういう問いかけとしての俳句、慕わしさみたいなものが作者の松本さんの句にはあるんじゃないかと思います。とりあえずそんなところですね。

司会：では佐藤さん、お願いします。

佐藤：非常にインパクトの強い句集でしたよね。性を詠んだ句であったり、あるいは便器だとか普段あまり詩に馴染まないような素材を非常に多く詠んでいるところがどうしても目についてきます。当然ですが、そこに嫌悪感を抱く人も大勢いるんだろうという風には思います。ただ実は取れる句は今回の十一編の中ではこの句集が一番多かったんです。この方は実力のある人だなあということを改めて思いました。全部挙げているとキリがないんですが、先ほどの「**炊飯器買つて良夜を帰りけり**(59)」の句は私も頂きましたし、「**ボクサーを汗の果実と思ふなり**(94)」この表題句も大変いいと思いました。もう少し挙げますと、「**夕立の匂ふ包帯ほどきけり**(98)」という句がありますが、やっぱりこういう生々しさですね。実感というか、本当にそこに見えてくるような力強さ、確からしさを感じて非常に強く惹かれた句ですね。「**駆けてきて日焼したての躰かな**(99)」松本さんは「躰」という言葉が好きなんですね。非常に多く使っていると思いました。この「日焼したての躰」というところにある種の健康的なエロティシズムを感じますね、だからこのレベルで抑えていてくれたらすごくいいのになと私は思いました。あまり直接的に体の一部を詠むとかっていうことじゃなくてね。もっと健康的に性を詠んでくれたら、もっと好感度が上がるんじゃないかなと個人的には思いました。そういうある種の体というものを通して対象を見ようとする眼差しであるとか、それを描く力量はまちがいなくあるんだろうと思います。それからもう一つのこの人の特徴は世の中に対するある種のシニカルさです。例えば、生駒さんの作風がどちらかと言えばアンニュイで、社会に対して直接には切り込んでいかないのに対して、この人の場合にはその真っ只中で戦っていると言う感じが随所に出てきます。その中で結構打ちひしがれて、色々と辛い思いなんかもしているのかもしれないいんですけれども、その社会と切り結ぶあり様が、この句集のもう一つの見どころであったと思います。素材としてはさっき「社畜」という言葉が出てきましたが、社畜の句は個人的にはそんなに乗れないけれど、こういう人が大勢いますけれど、「**金風や首にうるさき社員証**（137）」なんて句があります。社員証って確かに首にぶら下げている人が大勢いますけれど、こういうのを俳句の素材として持ってきた人は今まであんまりいないんじゃないでしょうかね。非常に新しい素材だと思うし、だけど「首にうるさき」というこの中七もすごくよく分かります。「金風」というある意味上品な季語をつけたところが逆にシニカルで面白いなあというふうに思いますね。おかしみのある句としては、「**人事部の谷さんと見る桜かな**（155）」これも「谷さん」という個人名が、あんまり長いと中七に収まらなかったのかもしれませんけれど、こういう桜の句というのも、この季語の伝統を見事に裏切っている感じがあって、大変印象深い句でした。物をしっかりと描くこともできるし、幅広い素材を集めてきたり、的確な言葉を与えたりという基本的な力は非常に確かな人だなというのが私の印象です。その一方で、ちょっとここまで言わなくてもいいのになという句や、こういうところで切ってしまわれる方もいるだろうなという句もたくさんあるわけです。そこで相殺されてしまっている感じです、私の中では。取れる句で言えば実は松本さんが一番多かったんですけど、逆に絶対取りたくないなあと思う句も同じくらい多くあった。というところでこの人を何席にしようかというのは非常に迷いました。ただやはり、見逃せない句集であったということです。それが三席という形でこの句集を推した理由です。

司会：同じく一点の関さん、お願いします。

関：松本てふこさんを私は『俳コレ』（邑書林）の時に知ったので、「**おつぱいを三百並べ卒業式**（8）」とか「**会社やめたしやめたしやめたし落花飛花**（10）」とか、非常にあけすけというか露悪的な表現で、ユーモラスでもあるけれどその中に痛みがあり、ある様式化を施すことで耐えがたい事態を受け入れる。そういう操作をすることで、その四コママンガ的にも見える様式ができている。そういうスタイルを確立した人という風に見ていましたので、この辺のあざとい句の印象があって句集を読んだら、意外と懐の深い、もっと大人しい情感のある句もいっぱい詠めるという実力を感じました。お二人が挙げていらした「**炊飯器買つて良夜を帰りけり**（59）」これは私も頂いています。これは作者からすると何でこの句を皆が褒めてくれるのか全然分からないらしいんですけれども、情感に富んでいる。「炊飯器」というごく当たり前の家電と、それを買って良夜を帰るということしか書いていませんが、その日常の中の些細な満足感、ハッピーさが掬われていてすごくいい句ですよね。取れる句は割と色々あるんですけれども、社会の中で踏みにじられる自分というものを戯画化して書いているものが最初目につきまして、「**詰られてをり花時の会議室**（10）」これは情景として何とも痛々しさがよく伝わるものですけれども、人から責められているときに何となく視線が外に行って、外は花が咲いている。その時の感じはくどくど説明しなくともすんなり伝わるように書けていますよね。「**シクラメン息子の嫁と名乗りけり**（40）」これも深刻な場面というわけじゃないんですけれど、対人関係の中で息子の嫁と名乗るという、私は男の付属物かよというそういう立場であることを強いられる。その屈折感が何も言わなくても出てくる。シクラメンも微妙に合っていておかしい。暗い肉厚な感じの花がですね。また「篝火草」という別名もあるからそう名乗ってはいるけれどもそんなに納得はしていないぞというめらめらするものもあるのかもしれない。仕事の現場みたいな句では「**洞窟の画像眺めて夜業かな**（60）」たまたまパソコンの壁紙の部分が洞窟の画像になっていたのかもしれません。これは特別不快じゃないんですけれども、何だか浮世離れした洞窟の画像があってそこで夜業をやっている図というのは、そういう自然の異様な風景に対する憧れがあって、それで逆に職場に縛りつけられて夜業をしている自分というものが見えてくる結構屈折した感情がすんなり出ている。そういう感情をあんまり説明しないで出すことが割と得意な作者じゃないかと思います。これはちょっと面白過ぎる句ですけれど、「**春愁の極みのかほが鱏に似て**（74）」この鱏の顔というのは裏側のエラの部分でしょうけれども、あの常に笑っているような顔をしているあれに「春愁の極みのかほ」が似てしまうという。こんな風に素材を客観視してそれこそマンガみたいにして差し出すという、捨て身な感じではあるんですがそれでもぎりぎりあんまり辛いものを読者が突き付けられたというリアリティの窮屈さに陥る手前のところで留めてくれる、こういう様式化が働くというところに恥じらいというものがある気がします。「**叩く叩く見る叩く見るごきぶりを**（100）」ごきぶりをスリッパか何かで引っぱたき続けながらちゃんと死んだかどうか見ているという句ですが、これも自分の動作の滑稽さを戯画化して書いていると同時に、ごきぶりという生物に出くわした時の反射的な反応、プラスごきぶりの即物的感触、あの素早さとかを全部まとめて想起させるような句になっている。凄く過剰な言い方をしている気がするんだけれど、見かけほど過剰にはなっていないですね。社会的なことや、自分が踏みにじられる局面とかを上手くさばいているところがすごく目立つ句集ではあるんですが、その一方でこの人は季語のある世界でないと俳句にしないんじゃないかという節もあって、ついている季語は「春寒し」であったり「落椿」であったり「黄金週間」であったり、植物にいくと「やまもも」だったりそんなにややこしくて見慣れない、俳句でしか意識しないような季語っていうのは出てこないんですけれども、四季のうつろいの中に人事全般を通過させるということでは、この句集は花鳥諷詠の現代におけるひとつの達成なんじゃないのかという風に見ることもできると思います。非常に面白かったんですが、自己戯画化に抑えが効いているある種の品の良さ、そこを限界と見ることもできるので、破れかぶれになっているようにも見える割には、そんなに表現として突っ走ったものに実はなっていないのではないかという節もあります。面白いけれど今回は強豪ぞろいだったので一位にはならなかったというのはその辺です。以上です。

司会：では、髙田さんお願いします。

髙田：最初司会の方がおっしゃって下さったように、私も第四位としてこの人を挙げています。さっき佐藤さんもおっしゃっていましたけれど、私もたくさんの句を引きました。三席の人よりも多いかもしれない。ひと言で言ってしまうと「面白い」。そういう句集だったと思います。全体の仕立ても、「汗の果実」って何だろうと思って読んでいくとボクサーの体のことであったり、目次を見るだけでも面白いですよね。「皮」「種」「汁」「蔕」、章名としてこれが出てくるところもユニークですし、一冊の本として読者サービスが非常に行き届いていると感じました。さっきから露悪的とかあざといとかいわれていますが、やっぱりちょっと軽口を叩きすぎかなあと感じなくもないです。私が一番嫌だと思ったのは、生病老死の「生」「病」辺りまではこの人は体験なさっているんですけれど、「老」とか「死」というところはまだこれからだと思うんですよね。ですがその未体験であるはずの「老」「死」までが軽い。だから自分のことを露悪的に軽くしたり尖らせたりすることは良いと思うんですが、自分のことではない「老」とか「死」までを軽口であしらってしまってはどうでしょう。それだけが何か気になる、端的に言えば嫌だと思ったところです。女性にありがちな結婚や出産を美化するところがないのは良かった。ただそれを否定しているわけではないですね。だって実際に自分でやってるわけだから。例えば「**惜春のぼんやり重き綿帽子**(14)」「綿帽子」ってあの綿帽子よね？ って思わず思ってしまうけれども、結婚式当日をある切り取り方をすると、こういうのも確かに、というリアリティがある。さっき「息子の嫁」というのがありましたけれど、そういうところを正しく突いていくんですよね。妊娠中の句にしてみても、「**臨月の腹はみ出して秋日傘**(27)」たまたまそういう時期に臨月だったのではありますが、真夏を通り越してやっと秋に入った。でもまだ暑い。そして妊婦の腹はこんなにせり出して、己のものではないみたい。一体これは何だって物体として見ているわけですよね。そういう眼差しとかですね、非常に面白いし何て言ったらいいんですかね、楽しい句集だなあと思いました。人間の体を美化して捉えると、時にはそれがマネキンの体のように思えてしまうことがあるのですけれども、人間の体は決してそうではなくて、体というのが好きだという指摘もありましたけれど、この人の体は生の人間の体であって、「**秋蟬のこゑに粘りのなかりけり**(106)」じゃないですが、まさに今、夏の盛りの粘っている体なんだなと感じました。ひとつだけ付け加えておくと、「**たんぽぽのどこか壊れてゐる黄色**(156)」という句。たんぽぽの句って今まで取り上げた句集の中にもありましたが、どの人も、黄色を見ると心が弾むという方向で捉えておられました。でもこの人は、どこか壊れていると言う。否定しているわけではなくてそのくらい黄色いと言っているんだと思うんですけれども、そういうこの人ならではの表現でもって世界を捉える姿勢が貫かれていて、大変面白いと思いました。以上です。

司会：「老」「死」の中で嫌だなと思われた句を、もしよろしかったら一句だけでも教えてはいただけませんか。

髙田：例えば「**さばさばと父の老いゆく大暑かな**(50)」とか、「**万緑に死して棋譜のみ遺しけり**(52)」こういう詠み方は誰かを悼む時にあったりはするんですけれども、何かこう引っかかるものを私は感じます。

司会：有難うございました。

髙柳：「**雪道を撮れば逢ひたくなつてをり**(119)」とか「**メロン切る好きなバンドが解散する**(129)」というような句があって、これなんかは恐らくこの田中裕明賞の対象となる俳人たちの同世代の現代短歌の若手たちが比較的詠んでいる世界に近いかなと思うんですね。山田航さんとか永井祐さんとかね。短歌の真似をすればいいというものではありませんが、今まで俳句に詠まれたことがなかった現代社会に生きる若者のリアルな生活が捉えられているという点では、これはひとつの試みで、そしてそこで生まれた成果と見てもいいんじゃないかという風に思います。

藤田哲史句集『楡の茂る頃とその前後』

司会：ありがとうございます。次は藤田哲史さんの『楡の茂る頃とその前後』。藤田哲史さんは一九八七年生まれの刊行時では三十二歳。三重県に今お住まいでいらっしゃいますね。結社は入っていらっしゃらなくて無所属。では三点を入れられた関さん、お願いします。

関：生駒大祐と同率一位というようなことを言いましたけれど、藤田哲史の方が情感とかは分かりやすいとは思うんですね。若者の生活感情がちゃんと直接書かれている。身の回りの生活の様子が見える物件も色々書かれる。やっていることは分かりやすいと見えますけど、句集一冊を全部見通したときにそれらの書き方が色んな材料に対して色んな方法を持っていて、その交響性みたいなものが結構豊かなんじゃないかというふうに思って一位に持ってきました。一見すると『水界園丁』よりはだいぶ地味になるんですけれど、藤田哲史の場合は割とくどい写生もする。そのくどい写生が最終的に清潔感のある静謐さに着地するというところがあって、例えばアイスコーヒーの連作、「**アイスコーヒー氷を避けて下降の乳**（38）」とか、これはアイスコーヒーにミルクを垂らしてそれが氷を避けてだんだん下へ沈んでゆくというところを見ているんですね。だから描写の仕方とか文体としては結構くどいんですが、それが最終的にはアイスコーヒーの中のミルクの動きに収斂していくので、そこに見入るようにだんだん読者側の心も静まっていく感じがする。似たような句で「**たうがらし沈めて辣油卓の上**（68）」これはテーブルの上にラー油があるだけなんですが、その中に唐辛子が沈んでいるというところから説き起こすことによって、それが静謐な聖性を帯びた物件にも見えてくる。キリスト教圏の静物画みたいな感じも多少する。こういう捉え方の基本にあるスタンスがよく出ているのが、句の末尾を全部「です」で固めた連作というか章があるんですが、あの辺の実験的な文体に作者の特質がよく出ているんじゃないかという気がしました。「**ポスターも困責めの砌です**（96）」「**床の上に服落ちている寒さです**（96）」「**セーターから首出すときの真顔です**（97）」という感じで何句かずっと「です」止めが入るんです。これは「かな」では代わりが効かない「です」という口語調の切れ字を開発している。これは第五回の不器男賞の時に百句全部「です」で止めた連作を藤田哲史が出してきまして、選考委員だった西村我尼吾さんがこれを見て最初ふざけているのかと思ったらしいんですが、私はあれを見たときにかなり技術的な実力のある人がそれをあえて殺して作っている句じゃないかという感じがしました。それで作者が藤田哲史と分かったときに、ああなるほどと思いました。この「です」に変えることによってどういう効果があがるかというと、語り口調で口語調に見える。ただの「かな」だと語り手の姿が見えないんですが、「です」になるとその「です」と発語をしているナレーターのような存在が漠然と浮き上がってくる。ナレーターである作者的な存在に導かれて色んなものを見せられている感じに読者としてはなるわけです。「です」というと対人関係的な敬語表現でもありますし、句と読者との距離感がこの敬語表現によってくっつきすぎもせず、よそよそしくなりすぎもせずという距離感に留められることになる。そういう感情的な交流をべったりくっつかせない距離感を表わすものとしてこの「です」という語尾があって、これがこの句集全体にあるモダニズム的な美観みたいなものを持たせている気がするんです。ガラス的な透明感であったり、写真を見物しているような句もありましたけれど、そういうものが文体に出てくるとこういう形になる。そういう距離感と目線が身の回りや友人関係に全部向けられていく。それをその都度言葉の仕上がりとしては自然に一見見えますけれど、結構斬新に句にしているんじゃないかという気がします。「**雑居ビル一階喫茶蔦枯るる**(19)」こういう光景は都市生活者だと誰でも見たことはあるんですけれども、「雑居ビル」まで言って雑然たるさまを出しておきながらそこで「蔦枯るる」に持っていって一つの情感のある物件にする。「雑居ビル」って俳句の中では出しにくいというかあまり雅びやかでもなければ俳諧的な滑稽も何もない、本当にそこら辺にあるものがそのまま出てくるような言葉ですけれども、こういうものを処理するときにこの「です」に表わされるような、親密さはあるものの距離感はあるというスタンスが働いているんじゃないかという気がします。友情とか人懐かしさとかいう要素が割と直に出てくるんですが、「**膝掛があり友の居ぬ部屋があり**(30)」「**セーターを脱ぎざまベッドに彼は倒る**(25)」これはしつこい写生で「彼は倒る」という下六にして説明はしきっている文体の句です。これで彼が疲れているとか労わるような心情が湧いてくるとかそういうことは別に何も言っていませんけれども、自然にそう見えるようになっている。写生的にくどく迫っていくことと距離を置くこと。そこから立ちのぼる生活感情はあっさり言ってしまえば孤独感と人懐かしさに収斂されるのかもしれませんけれども、そういう大まかな枠があるとしても一句一句がそれをリアライズしていくときにその都度新鮮な何かが立ち上がっていく。「**霜柱報告少女耳あかき**(73)」これは「霜柱があったよ」と女の子が駆け寄ってきて言っている。

で、寒いから耳が赤くなっている。そういう句なんでしょうけれど、「霜柱報告少女」って普通あり得ない、言わない言葉遣いがされている。この部分で変な言葉を作っていることが独自のキャラクターというか独自の存在感に繋がっている気がしますね。割と鮮烈なものとしては「**梅雨の夜の目を突く電器店の光《くわう》**(140)」これも電器店の光、ネオンサインとか店内の電灯の光ですが、それを光と書いてわざわざ「こう」と音読みさせている。この言い方で確かに梅雨の夜に見た電器店の目を射る眩しさというものが出てくる。こういう言葉の扱いに対するすごく繊細でしかも確かな技巧というものがあちこちにある。そういう句集です。「**牛丼の半券白し去年今年**(28)」これも材料としてはおよそつまらないものにしか見えない。「牛丼の半券」で「去年今年」に行くという。年も詰まってきて忙しいさ中でそういう牛丼を食べている、その半券の白さが残る。そのことに対して何だということを説明はしないんだけど、ある情感が伝わりますね。別に「去年今年」だから自分も焦っているというわけでもない。ただ日常の忙しさがそのまま続いているうちに去年今年になってしまったような感じはちょっとします。それから言葉の選択の微妙さでは、「**セイタカアワダチサウに埋没のセダンある**(18)」「セイタカアワダチサウ」とカタカナで書かれていますけれども、これは外来種の植物で季語とか何とか言うよりもあれはああいう存在、黄色い丈の高い邪魔くさい草ですから、カタカナの方が合う気はしますよね。それで、そこに古い廃車が埋まっているというときに「セダン」という言い方をする。これは今はもうちょっと小型の車が出回っている感じがするので、やや古い立派な車がそこに埋まっているという、時代に対する感覚や惜しむ感じというものも感じられる。静謐なものに対する好みとしては「**末枯やル・コルビュジエの眼鏡の度**(71)」というのと、「**レーウェ**

ンフック氏自作ルーペニ露ヲ検見《ケミ》ス（67）」とか人名を読み込んだ一種歴史空想的な句に近いものがあるんですけど、そこに出てくるのがレーウェンフックだったりル・コルビュジエだったりその眼鏡であったりで、硬質なガラスのレンズを通して過去の人物を感じさせる。で、そこにひとつの美意識も宿っている。そういうやり方で歴史性と即物性、透明感と情感がすべて重なっている。それですっきりまとめている。一句一句こういう精妙な技が効いていてそれで全体の静謐感になっている。だからそこで表わされている情感というのはそんなに目新しいものではないかもしれませんけれども、表わす技の精妙さと多彩さですね。そこで取りました。以上です。

司会：では髙田さん、お願いします。

髙田：すごく実験的な句集なのではないかな。ご本人にとっては意図しているのか、自然なことなのか分かりませんけれども、私にはそのように見えました。先ほど関さんが挙げられた「です」ばかりで揃えている章については、百句揃えた過去のことは知りませんでしたが、一章ぶんを使い切るところがすごいですね。確かにそこまでやって頂かないとこちらには何も伝わってこない。そういうことだと思います。出だしは私にも普通に読み取れる「**てのひらを揺れたたせたる泉かな**（4）」「**星の窗《まど》新樹の窗ととなりあふ**（4）」ロマンチックな句から始まっているんですよね。この人の幅というか、どういう人なんだろうと人物そのものに興味を覚えました。ただやっぱり私が入りきれなかったのは、実験が成果を上げているかどうかというよりは、実験に終始することに同感できなかった。他の句集のほうが親しく感じられたというところでございます。

司会：では髙柳さんお願いします。

高柳：一番好きだったのは「**静物に蟷螂紛れ描かれざる**(144)」という句でした。その絵が描かれるところから見ていたんだと思うんですけどね、作者は。描いていたときにはその静物、壺とか果物とかに混じってカマキリもいたんでしょうけれど、出来上がった絵を見てみたら省かれていたということですよね。物のありようと言いますか物を押し出してくる、即物具象の作風だと思うんですけど、だからこそ句材そのものにも敏感なのかなという気がします。蟷螂は無視されているということですよね。その不在への敏感さというものが、関さんも触れていましたけれどやはり孤独感ですとか寂寥感みたいなものが滲み出しているということかと思います。そういう叙情的な書き方には非常に惹かれるところがありました。例えば「**吸熱シートいつ剝がれけむ今日も風邪**(23)」というのは、いわゆる「冷えピタシート」というのかな、ああいうのを貼って寝込んでいる。看病してくれる人がいないような雰囲気がありますね。一人暮らしの孤独。「孤独」って直接言っちゃってる句もありますよね。「**孤独ありダウンジャケット抱くと萎ゆ**(31)」これは試みにというか、戯れに自分のダウンジャケットをぎゅっと抱いてみたということだと思うんですけどね。けれどもちろん中身がないのですぐに空気だけで萎えてしまったということですけれど、「抱く」とあえて言っているところがね。ダウンジャケットは摑んだり押したりするものではあるんだけれど、あえて抱いたみたというところですね。ここにやっぱり深い孤独感が確かに書かれているなという風に思います。「**薄給やさざんくわ積める芝のうへ**(51)」ですとかね。ちょっと散文的なんですけれど、「**ジャケットに寝て運転は君に任す**(50)」みたいなところにも、一人で生きていくという大人の淋しさみたいなものが書けているかなと。だからこそ、自分と関わってくれる人に対する思いと言うんでしょうか、人への慕わしさみたいなものもちゃんと書かれている。例えば「**秋風や汝の臍に何植ゑん**（69）」臍が見えている状態ですから（笑）、かなり親しい関係性の人なんだと思うんですけれど、そこに何を植えようかなあなんて考えているのがね。孤独の寂しさを知っているからこそ、誰かがいてくれることの嬉しさもよく分かっているのかなあと。こんなような句に惹かれました。先ほどから話題に上がっている実験性というところですけれど、五章の辺りから一気に転調するというか、それまで旧仮名で書かれていたのが突如新仮名に変わったり、口語調に変わったりするんですよね。「**帰省した足で余呉湖の辺りまで**（79）」本来だったら「帰省せし足」なんでしょうけれどね。「**いざよいは指先照らすミシンの灯**（81）」この句も「いざよいや」にすれば普通にというか、それまでの俳句の価値観からすれば「や」で切れ字を使って切って、「指先照らすミシンの灯」を取り合わせたとすれば、ちゃんと評価される句になると思うんですけれど、それをあえて拒んで「いざよいは」という風に結び付けていくと。先ほど関さんも取り上げた新切れ字の試みですね。歴史的には河東碧梧桐だったり、秋櫻子や誓子なんかも試みましたよね。こういう、「や・かな・けり」だけではない新切れ字の試みをしてみたりとか。文体に意識的というのかな、文体で新しみを出そうということを実験していくわけです。この辺りが私としてはあまり成功していないのではないかというところで、三つの席からは外してしまったんですけれど、やはり彼が持っている孤独の抒情性と言いますか、こういったものには大変惹かれるものがありました。今後彼がどういった方向に進んでいくかということなんですけどね。こういう文体の模索、挑戦ということをしていくのかどうかは分からないんですが、なかなか現時点でこれぞという成功作を見せてもらえなかったなというもどかしさはありました。以上です。

司会：では佐藤さん、お願いします。

佐藤：何人かの方から出たように、私もこの作者から感じたのはある種の都会的な孤独感、そして強い自意識のようなものでしょうか。藤田さんは生駒さんと同い年で、しかも同じ高校出身ですね。高校時代に俳句甲子園で高校一年生のこの二人を私は存じ上げています。奇しくも同じ年に二人が句集を出されたというのも因縁かなと思いつつこの句集を読んでおりました。前半の方で私がいいと思ったのは先ほど関さんが挙げていた「**牛丼の半券白し去年今年**（28）」それから「**卒業や珈琲店の紙燐寸**（34）」何だか昭和っぽい抒情がありますね（笑）。それからさっき髙柳さんが挙げていた「**薄給やさざんくわ積める芝のうへ**（51）」なんていうのもある種都会の中での疎外感というか孤独感みたいなものをテーマにしていて、こういうところは好感を持って読みました。ただ、この人も人称代名詞があまりに多いんですよね。藤田さんの場合は「我」とか「汝」よりも「彼」というのがものすごく多いんですよ。「彼」が十句くらいあると思います。これが私にとっては結構違和感があって、ちょっと雰囲気が短歌的になってくるというのかな。だから悪いとは一概に言うつもりはないんですけれど、ちょっと目についたということが理由としては大きいですね。それから先ほどの「です」の連作ですね。私も正直あまり成功していると思いませんでした。例えばこれは「かな」にしてしまった方が句として普通に成り立つんじゃないかなというのもいくつかありました。「かな」で成り立ってしまうんだとするとやっぱりそこで「です」を使う意味って何なんだろうなということを思います。逆に言うと「かな」にしてしまったら絶対俳句って言えなくなっちゃうようなものもあったと思います。つまり「です」を使うことで、かろうじて俳句の雰囲気を醸し出していると思うんですね。そういう句が散見されると言う意味で確かに実験的な試みですし、そういうことに意欲を持ってやること自体は全然否定するつもりはないんですけれど、成果としてそれが上手く実っているかということになると、私はどちらかというと懐疑的な立場になります。ということで、同い年・同じ学校出身ということで生駒さんとあえて比べると、私は生駒さんの方を取りますね。藤田さんにはもう少し迷いが残っているような感じがしました。

司会：有難うございました。

関：実験的ということですけれども、さっきもちょっと言いましたがこの句集で書かれている情感なりモチーフなりは割と常識的な等身大のものが多いと思うんですね。等身大のモチーフを常識的な文体で出してしまうとそれだけのものに終わってしまうことが多いので、情感として伝わりやすい当たり前の等身大のモチーフこそ、実験的な要素はいるんじゃないかということで、この句集はそれである程度の成果はあげていると思います。

諏佐英莉句集『やさしきひと』

司会：有難うございます。では次の句集です。諏佐英莉さんの『やさしきひと』。諏佐さんは一九八七年生まれの三十二歳。愛知県にお住まいです。無所属で、第九回鬼貫青春俳句大賞優秀賞、第九回北斗賞を受賞されています。この句集は髙柳さんが一点入れられています。お願いします。

髙柳：この人ならではのこだわりが出ているというのかな。好みというよりはこだわりと言っていいかと思うんですけど、そこに惹かれるところがありましたね。第一句目からして「**そのプリンわたしのプリン春の昼**（15）」というところから始まってきて、ちょっと甘いかな、足りないかなという句も実際は多いんですけれど、あまりそういう狙って作ったのではない句に意外な秀句が多いんではないかという風に感じました。例えば「**しやつくりのとまらぬひとと案山子かな**（103）」何でそんなところに案山子があったんだろうなあというちょっと突拍子もない感じが、何かえも言われずおかしいというのかなあ。たまたま田んぼにいて、たまたまそこに案山子があって、そしてそこで折しもしゃっくりが出ちゃったということなんでしょう。狙ったわけではない。でも書き留めて十七音にしてみると何か不思議な面白さが醸し出されてくる。そういうところって案外他の句集にはなかったように思うんですよね。「**海老にわた人にかなしみ星冴ゆる**（50）」というのもね、かなしみというのはなかなか深刻なもので心を蝕んだりもするわけですけれど、それを海老のわたと並べていると。もうあって当然のものであると。確かに邪魔なものでない方がいいんだけど、あるんだから仕方がないじゃないかって言うようなね。こういう生への肯定感というんでしょうか、そういうところにもやはり惹かれるものがありました。さっきこだわりというところで言いましたけれど、お菓子の句が多いのかな。お菓子を通してお菓子以上のものを表現しているような感じがあるんですね。「**パンジーや毒のやうなる菓子を食ふ**（36）」「**秋の暮狂つた色の菓子の箱**（45）」これは先ほどから話題にあげている世界の暴力性みたいなものを表そうとしているんじゃないか。強制的に自分たちを引き付けるために毒のような色をつけたり毒のような味をつけたりしているわけですよね。そこを窓にして世界の暴力性を眺めているようなところがあって、このお菓子へのこだわりみたいなものは私は面白いと思いましたし、ただの珍しい題材、変わった題材を取り上げたのではない、深みがあるんじゃないかと感じます。「**海の日やYouTuberの狭き部屋**(67)」これは先ほどの藤田さんのが文体の実験ということであれば、こちらは題材における実験ということだと思いますけれどね。「YouTuber」なんていう、もしかしたら廃れてしまうのかもしれないんだけれど、今の人たちには非常に慕わしくなっているこの言葉を上手く活かしているんじゃないかと思います。どうしてもYouTuberの人たちの部屋というのは機材がごてごて置いてあったりしてね、カメラとか音響とかの装置が置いてあって、狭く見えると。「海の日や」とつけるところで、そういう狭い部屋から世界に発信しているYouTuberへのシニカルな思いなんかも出ているかなと思うんですね。というようにやっぱりこだわりが出ていて、それを通して作者の人間性が出ているというところで句集を読む楽しさというのを感じさせてくれる一巻だったなと思います。世界観の狭さみたいなものはあるんですけどね、同じものばかり詠んでいる。こだわりがあるということは要するにそればかり詠んでいるということになるので、もう少し他のもの、世の中の広さみたいなものを感じさせる句も詠んでほしいなとも思いつつ、でも可能性を感じさせる一集でした。

司会：では佐藤さん、お願いします。

佐藤：若書きの一集という感じで、非常にフレッシュな印象は受けましたが、逆に言えば幼さを感じさせるところもあったというのが正直な感想です。頂いた句を二つほど挙げますと、「**ともだちはすくなくていいヒヤシンス**(19)」なんていうのは口語的なフレーズに「ヒヤシンス」という季語をぶつけているだけなんですけれど、この句は「ヒヤシンス」

という植物が上手く効いているかなと。同じようなタイプで言うと「**マニキュアの蓋開いてゐる熱帯夜**（69）」これも「熱帯夜」という季語が割と効いているかなと思います。この方の句集は圧倒的に取り合わせが多いんですよね。一物はほとんどありません。じゃあ季語がどのくらい効いているかという風に考えた時に、その季語の効き方というのがややクエスチョンのつくものが多かったと思います。先ほどのヒヤシンスの句もそうでしたけれど、口語的なフレーズに五文字の季語をぶつけて作るという、そういうタイプの句が非常に多くて、もう一つ例を挙げると、「**木犀や「どちらともいえない」に○**（48）」こういう句です。やっぱりこれだと「木犀」がどこまで効いているのか、私は結構悩ましいなと思います。このタイプの作り方は俳句としてはちょっと脆弱じゃないかと思いますね。口語的な一、二音ぐらいのフレーズに季語や「〜や」というのをくっつけて一句にしちゃうというのは、絶対だめだと言うつもりはありませんけれど、それがあんまり多いと句集としては少し弱いんじゃないかなと思います。もう少し色んな作り方をなさった方がいいんじゃないかな。やっぱり一物の句にももう少しチャレンジしてみた方がいいように思いました。

司会：では関さん、お願いします。

関：取った句は意外と多かったんです。これも四位とか五位とかがあったら入れたいくらいでした。髙柳さんがあげた「**海の日や YouTuber の狭き部屋**（67）」は私も取っています。「海の日」という割と最近出来た季語、祝日で海のイメージが出てきたところで「YouTuber の狭き部屋」という、いかにも海と対照的なものがぶつかることによって今のリアルも見えるし、ナンセンスなおかしみみたいなものも出てくる。女性を魅力的に書けている句がいくつもあった気がします。「**いい匂ひしてゐるあの子春満月**（18）」とか、これも「あの子」というのは多分女性のことなんじゃないかと思うんですが、それに対して匂いで感応するというのが、官能性はあってもそんなにいやらしくない。句としても新鮮味がある。「春満月」がちょっとこれもイラストレーション的になっている感じがしますけれど、悪くないでしょう。あと「**ともだちはすくなくていいヒヤシンス**（19）」これは自分の感情でしょうけれど。「**小鳥来る校庭に女子ちらばりぬ**（24）」ここら辺もすっきりと魅力的に描けている感じはします。風景の一部でもあるんですけど。見かけほどあざとさがなくて、いい意味で素朴な出来ではあるんじゃないかという気がしました。あんまり芝居している感じではなくて、こういうものを見せてやろうとも思っていなくて、割とすんなり詠んでこういう形になったという、よどみがない感じがありました。それが俳句的な蓄積の少なさとイコールになってしまうかもしれないんですが、ひょっとしたら。その中で時々斬新というか鮮烈な句が混じってくる。「**胡桃割る中に宝石あるごとく**（47）」これも胡桃を割るのであれだけ手間がかかる硬いものがぱかっと割れたら、言われたら確かに中に宝石があるかもしれないという、かなり飛躍したイメージではあるんですが一発で飲み込まされてしまう鮮やかさがありますね。屈折した感情を詠んだものとしては、「**椋鳥やあの子の彼氏だから好き**（48）」という、これも「椋鳥」がごく微妙に効いている感じで、ある知り合いの女性がいてその彼氏だから好きというこの屈折がちょっと面白かったです。文体としてはやや流れ気味かもしれませんけれど。それから「**恋猫やネックレス絡まつてをり**（60）」これはネックレスが絡まってぐじゃぐじゃになっているのは恋猫のなかなか達成できないで騒いでいる欲望の暗喩になるのかもしれませんけれど、そういうのを通り越した具体的な触感性があって、しかもネックレスの冷ややかさもある。あんまり暗喩でべったりくっつきってもいないし、暑苦しくもなっていないところで上手く物象化できているんじゃないかと思いました。気になるところとしてはリフがちょっと多い。「**椅子買つて椅子のある部屋大西日**（98）」「**胎内に胎内の音梨を食ふ**（106）」とか、「**ゴミで押すゴミ箱のゴミ夏の果**（42）」このゴミが三回出てくるのは全部違った書き方をしているのでこれはこれでいいと思うんですが、他で不用意なリフが少し多かったかなという気がしました。そういうところです。

司会：では高田さん、お願いします。

高田：とってもきらきらした感性ですね。そしてこの人は天然というか、自分が持って生まれたものだけで読み切っていますね。それで一冊通しているという強さもあります。そのことが佐藤さんからご指摘があったように、季語の効き方として疑問という、そういうところにも帰着しちゃうのかなあという気がします。私がいいなと思った句は「**折り紙の金色使ふ夜長かな**（26）」金色の月が出ている感じもあります。それから今出ました「**ゴミで押すゴミ箱のゴミ夏の果**（42）」ですね。「夏の果」はギリギリセーフかな、と思いますが。それから何歳の時に作られたのでしょうか、女子高生じゃないと詠めないと思った句は「**月冴えて偶然を運命と読む**（51）」私は高校生と俳句を作ったことはないんですけれども、こういう高校生と出会ったら大変驚くと思いますね。でも句集という形にすると、その一色だけではやっぱり物足りないという気持ちになります。季語について気になったことをいくつか申し上げますと、「**帰宅して五分で作る夏料理**（68）」「夏料理」というのは簡単な料理という意味ではないので、「五分で作る夏料理」というのはちょっと違うんじゃないかな。この人がすごい料理上手だからなのかもしれないですけど。そして「**終戦日はちみつ瓶にとぷと匙**（100）」「終戦日」と「はちみつ瓶」の取り合わせですね。取り合わせだから離れていていいと言えばそれまでなんですけど、たまたま今日は終戦日でもありますが、終戦日の捉え方がいささか疑問です。半分共感するけれど半分クエスチョンという句もあって、「**鶏肉の掌に冷たくて秋の暮**（107）」食肉の類は大概冷たい感じがしますけれども、本当につくづく冷たいと感じられるのは確かに、特に最近なんて秋の終わりから冬にならないと冷たくて嫌だという感じがしてこないから、半分は納得するんですけど、でも「秋の暮」という季語はそれでよいのだろうか。この句は季語を理由にしかしていないのでは？　結社に所属せず、愛知から上京なさって色んな人と交流しつつ学ばれているということなので、それはそれですばらしいと思いますが、たまには「ちょっと季語の捉え方が甘いんじゃないの」みたいに嫌なことを言うおじさんやおばさんなんかとも交わってみると、また少し変わるんじゃないかなあとも感じました。以上です。

森下秋露句集『明朝体』

司会：では点が入っている句集はこれで終わりで、後は無点の句集です。刊行順に行きたいと思います。森下秋露さんの『明朝体』。森下さんは一九七六年生まれの四十三歳。二〇〇八年に「澤」で新人賞を取られています。今は「澤」同人で俳人協会会員。佐藤さんからお願いします。

佐藤：ある種即物的でトリビアルな句が大変多かったですね。それは成功しているものもたくさんあったと思います。何句か挙げますと、「**CDに回る音あり夜の秋**（10）」昔のレコードだったら当然音がしながら回ったんですけど、CDの回転する音に注目したという、こういうところの切り取り方、「**歌留多取る体重左手にあづけ**（25）」右手で札をすぐ取れるように、体重を左に預けて歌留多に向かっている感じとか、こういうところの切り口ですね。それから私がこの句集で一番いいと思ったのは「**秋風や干して分厚き柔道着**（40）」その柔道着の質感というか、洗った後の少しごわついた布の感じ、こういうところは写実的でもあるし、即物的でものとしての確かさがすごく感じられて、この句集の一つの見どころであったかなと思いました。ただ、それが行き過ぎるとトリビアルというより只事になっちゃうようなところもあって、やや諸刃の剣だったように思うんですね。だからこれはちょっと只事なんじゃないかと思っちゃったのは、例えば「**足踏みポンプにビニールプール立ち上がる**（46）」まあ分かるんですけど、「立ち上がる」というのが見どころと言えば見どころなのかもしれないけれど、これはどうだろうなあと思ってしまいました。お子さんを詠んでいる句もたくさんありましたけれど、例えば「**卒園証書受け**「**有難うございます**」（61）」というのは本当にそのまんまじゃないかなというようなところもあって、もう少し捻りがほしい気持ちも正直ありました。あんまり欲張らないで、割としっかり物を見て作っているというその姿勢には好感を持ったんですけれど、少し玉石混交だったような感じがします。あとはちょっと俗っぽすぎるものもあったというところですかね。ビールの一連、「**ランチビールでは足りませんジョッキ呉れ**（63）」とか、この辺はやや卑俗すぎたかなという感じもありまして、なかなか三編には入れられなかったというのが私の感想でした。

司会：では関さん、お願いします。

関：これも印象鮮明なしつこく迫ってゆく写生が多くて感心した句と、俗っぽいものと両方感じました。それからしつこい写生をしていった句でそれで結局詩情があるのかどうかというところで疑問がつく句もあった。よかった句としては「**キャッシュカード我が名の突起冷たしよ**(23)」これも「我」が入ってしまってますけれども、そのキャッシュカードに物質化された自分の名前、疎外化された自分というものを物の質感から感じるというところで、これは現在ならではの材料でもあるし、詩情もちゃんとあると思いました。「**釜揚のしらす柔しよ飯粒より**(29)」というこれもいかにも「澤」調の中七前でいったん終わったところで念押しするという文体なので、鼻につくと思えば鼻につくんですが、茹であげられたしらすが飯粒よりも柔らかいというところにはっとする感じはありました。どうでもよさげな物件で「**使ひ捨てカイロ固まる毛羽立ちて**(17)」これは材料の着眼はすごく面白いと思ったんですが、ある物件が役目を果たして終わったところなので、これは下五が切った後の言い重ねになるよりは終止形に止まる形にした方が句としては完結感が出たんじゃないかという気はします。「**吸はるれば伸ぶる乳首や冷房裡**(45)」「**腹と腹合はせ授乳や明易き**(45)」授乳の句としてはこれだけしつこいのもなかなかないというか、自分の体まで物体化して見ている感じがあって、そこはちょっと面白かったです。これはただ世界の捉え方が単調というか、高野素十だと例えば「ばらばらに飛んで向うへ初鴉」とか空間に物が散らばってその間にあるテンションが生じた瞬間それを全部機械的にすくって詠むみたいなところがあって、それをやられることによって世界の見え方が人の思いとかと全然関係のないところで数学的に成り立つ世界みたいなものがちらっと見え、それが面白くて、しかもこっちも気持ちが楽になる、空にされるみたいなところがあるんですが、森下さんの場合は例えば圧力計でもって世界を見たらこうだろうというような感じになって、物と物が密着して押し合うところで全部句にする感じで、さっきの授乳の句なんかは特にそうですね。この単調さと通俗みがところどころ強すぎるというところで取れなかったです。上位三位にまでは入らなかった。あとは弱点というほどではないんですが気になるところとしては、「**ふぢつぼのあまたくぢらの目のまはり**（38）」というのがあります。これも鯨の目の周りにフジツボがいっぱいくっついているというところだけを詠んでいて、密着している局面だけを掬った写生ですけれども、これによって鯨の体のスケール感というのは見えてこない句ですよね。鯨の実体感というものはあんまりなくて局部的なところだけを集中的に写生した結果かえって物が見えにくくなっていないかという齟齬がちょっとありました。以上です。

司会：では髙田さん、お願いします。

髙田：皆さんと同じなんですけれど、大変勢いがある。そしてその勢いは単に威勢がいいだけではなくて、よく見ている。そして生活のすべてを俳句化してやるぞみたいな、意気込みもあります。とにかく良く見て、そして作っている。そういうところが非常に良いのではないかと思いました。ただその結果只事に陥ってしまっていることも決して否定はできないと思います。そして詠み方としては、下五で念押しするようなパターンが非常に多くて、ここまで多いとしまいには気になってきてしまうんですね。例えば割ってみたらこうだった、というような句が二つあって「**定食の鯵フライなり割つて湯気**（19）」「**牛鍋に**

麩の飴色や割れば白（28）」どっちも気づきの句なんですけれども、定食の方だったらもう冷めているんじゃないかなと割ってみたら中から湯気がぱっと立ち上がって驚いた、という風にも読み取れるのでこっちの「割つて」はああなるほどと思えます。ただの鯵フライじゃなくて「定食の鯵フライ」がキモですね。牛鍋の麩の方は、こういうことは確かによくあると、これも納得はするんですけど、そこまで言わなきゃいけなかったかしらと思ったりもします。この割ってみたらという句はページは離れてはいますがアクションとしては同じなので、どちらか外したらいいんじゃないかしら。割とそういう、もっと選んで載せたらいいのになあという感想を持つことが多かったです。後はトリビアルだけれど思わず笑えるというのも結構あって、「**赤紫蘇は束青紫蘇は袋売り**（44）」その通りだなあと思わず笑ってしまったんですね。よく気づいたねと褒めたらかえって失礼なと怒られそうなんですけれども、そういう「ああ、そうだったね」ということを身の回りからどんどん掬っていって、そして篩にかけて句集になさったらいいと思いました。この人の勢いの良さが出ている句として、「**おはやうの「は」より出でくる息白し**（49）」おはようの「は」、そこに魂が籠っているみたいな句ですけれども、この人だから「は」のところの息が白かったかもしれない。そういうタイプの方じゃないかなと思いました。この勢いのまますべてを俳句化していただきたいとも思いました。去年池田瑠那さんの『金輪際』（ふらんす堂）の時にも思ったんですけれど、この句集の仕様は見開きにたくさん入りますよね。この五句組というのを使いこなせていないということも気になりました。五句並べてどう絡み合わせていくか。一句一句独立していればいいんじゃないかという考え方ももちろんあるんですけれど、でも句集としてまとめて読む時ってやっぱり見開きでどうとか、隣り合い方がどうとか、全体をどんな波でもって乗せていけるかとか、そういうことも大切な要素なのではないでしょうか。それを活かしきれていなかった気がします。以上です。

司会：では髙柳さん、お願いします。

髙柳：「**我がゆびを握りあゆむ子春ゆふべ**（44）」というのは子供がよちよち歩きの幼い子というのが言わなくても分かるように描かれていますよね。それから同じ子供の句では「**咳の子の咳きつつ言ふや今日のこと**（60）」これも「咳」とか「つつ」とか、調べが切迫感があって子供が急いで伝えたくて言っているんだろうなあということが伝わってきますよね。それから「**紙芝居引き抜けば音秋の風**（52）」紙芝居のお話や語り口じゃなくて紙そのものの音を捉えたというのがなかなか斬新な視点だったと思います。「**まづ先生飛び込みプール開きなり**（58）」これはこの作者らしい明朗闊達な句かなと思いました。一気呵成に読み下ろす詠み方が良かったんじゃないかと思います。とにかく貪欲な作者ですよね。身辺雑詠あり、旅吟あり、時代ものありと。「**届けたり家賃に添へて筍も**（25）」のすぐあとに「**王の小姓あふぐ団扇や柄は象牙**（26）」とか出てくるので（笑）読みながら振幅があるというか、心地よく酔えるというような句集ではあるかな。それから作者自身の人生も句集のはじめから終わりに従って誰かに恋をしてから結婚して子育てみたいな感じで進んでいく。バラエティに富んでいると見えるんですけど、意外に一集を読んでいくとちょっと単調な印象があるというのはどういうことかな、と考えました。色々読んでみて、物の見方と書き方ですね。それがこの作者の場合しっかりと定まっている。定まっているがゆえに、そこからはみ出たものを無意識に排除してしまっていて単調になっているのかなという印象もありました。何か完成度とか安定感はあるんだけど、どこかまだ安定した殻の中に出ていっていないような印象はありました。完成度が高いがゆえにそれが逆に目立ってしまったということかな。そんなところでした。

倉持梨恵句集『水になるまで』

司会：次の句集に行きたいと思います。倉持梨恵さんの『水になるまで』。倉持さんは一九七七年生まれの四十二歳。埼玉県にお住まいです。「鴫」を経て「炎環」所属。二〇〇四年鴫新人賞、二〇〇五年鴫賞、二〇一二年炎環新人賞を受賞されています。俳人協会の会員です。では髙田さんからお願いします。

髙田：好きな句は、「**しやつくりの続きのはなし梅雨晴間**（24）」「梅雨晴間」じゃなくてもしゃっくりの続きの話はできはしますが、これはこれで一つの世界が成立していると思いました。「**飛んできて天道虫となりにけり**（31）」天道虫が飛んでゆく句はよくありますが、飛んできて天道虫になったという。ここに止まってはじめて、あっ天道虫だと思う。最初はキャッと言ったかもしれないなあと楽しい句ですね。「**マフラーは風の遊び場かもしれず**（45）」これもロマンティックですね。この人にもたんぽぽの句がありました。「**たんぽぽの内なるひかり噴きだせり**（52）」さっきの松本さんとはアクセスの仕方が逆だということですね。ただちょっと気になる句もいくつかありまして、「**鯉と鯉ぶつかり春の水となる**（53）」この「春の水」は正しく使えていますが、最初の方にあった「**沈黙の唇濡らす春の水**（16）」この「春の水」はどこの「春の水」でしょうみたいな。それから「**天と地のあ**

はひに散りし桜かな（59）」当たり前ではないでしょうか。「天と地のあはひ」という言葉は非常に素敵なんですが、そこに桜が散ってもあまり驚かない。素直に詠めているんですけど、単調というか、この作者がだんだんこう変化してきて、そしてこの先は、ということを、あまり感じられませんでした。

司会：髙柳さん、お願いします。

髙柳：「**紫陽花や後ろ歩きのカメラマン**（128）」紫陽花を撮っているカメラマンが撮ることに夢中になって、下がるときに後ろ歩きになっている。こういう写生的な句もあるし、それから「**眉描く手鏡近し春きざす**（154）」これもさっきのカメラマンと同じようなところで、あんまり人が気付かないようなところをきっちりキャッチしている。眉を描くときには手鏡を思わず顔すれすれにまで近くしている。こういうような、ところどころフレーズに惹かれるところが多かったですね。「**どこまでも冬空無知といふ自由**（39）」「無知といふ自由」なんて何だかどきりとさせられるようなフレーズです。私がちょっと気になったのは、季語の使い方というのかな。季語が結構天文や時候の季語が多いんですね。「春きざす」とか「冬空」とかもそうでしたけれど、「**果樹園の手彫り看板春深し**（126）」というときの「春深し」これは効いていると思うんですよ。これから色々果実が生ってくる季節で「春深し」というのは説得力があった。例えば「**大暑かな音撒き散らすヘリコプター**（69）」やっぱりここに「大暑」という時候の季語でまとめてしまうと平凡になってしまう。「音撒き散らすヘリコプター」自体が少し平凡なところがあるので、これをどう生かすかというと季語で生かす他はないと思うんだけれど、時候や天文の季語に頼りすぎているところがあるんじゃないのかというところは感じました。「**足し算はパセリのみぢん切りの色**（62）」とかね、むしろ時候や天文の取り合わせの句よりは、こういう一つのものを一気に詠み下ろした一物仕立ての句に秀句があるように思います。「**湯たんぽの水の大きく動く音**（111）」たゆん、というのかたぷん、というのか、何とも表わし難い、湯たんぽの中で端から端に水が大きく動く音というのは確かにありますよね。「**ぶつかれるものにぶつかり冬怒濤**（82）」これなんかも、岩でも船でもとにかく海にあるものにぶつかって白い飛沫をあげていく。冬怒濤の容赦なさというか荒々しさというものがよく詠み切れているんじゃないかと思います。ですので取り合わせで作っていく時にはその辺りを注意していく必要があったかな。一物仕立てで言えば「**聞きなれぬ音して春の霰かな**（122）」というのも良かったように思います。雨や雪、それから冬の霰とかなら分かるんだけど、「春の霰」というものに対しての唐突感。何の音か分からない。カーテンを開けてやっと気づくという感覚は事実に即しているのではないかと思います。そんなところでした。

司会：では関さん、お願いします。

関：句全体が状況説明、ナレーション的なことに終始している文体のものが多くて、五感に訴えかけるくるような材料でも、その五感が出てきたことによってはっとするというところはあんまりない。やっぱり説明に句の言葉としては終わっているというのが多かった気がします。良かった句をあげると、あんまりこの句集の本筋ではないであろうものになってしまうんですけど、「**座敷あるインドカレー屋春の月**（157）」これは「座敷」と「インドカレー屋」で「春の月」というそれぞれの要素の微妙な違和感が面白みもあるけれど、そういう店もあるだろうしそこにいる満足感みたいなものも伝わってくる。それから「**冷房の音キーボード叩く音**（132）」これは「音」が二回出てきますけれど、これは「音」のどっちかを消してしまうと二つの別の種類の音があって、それが違和感を生じてそこから聴覚的な立体感が出てくるということがなくなってしまうので、これは二回使ってもいいんだろうなと思います。「**海苔刻む鋏にかすかなる力**（61）」これはトリビアルな感じかもしれませんが、海苔というものの存在感を鋏で切るときの力に還元して感じさせているという点では面白かったです。似た発想はあるかもしれませんが。全体として目についたのは、文体が単調というだけでなく発想も同じようなものが多い。「**春めくやどこまでも行けさうな靴**（15）」「**夏の月どこにも売つてゐない色**（29）」「**向日葵や真直ぐはつまらない道**（31）」「**どこまでも冬空無知といふ自由**（39）」「どこ」とかそういう大まかな言葉で自分の思いを直接述べている、説明している句が非常に多くて、これがちょっと世界に対する対応として単調で常識的なんじゃないかと思いました。類想感のある句もところどころあって、「**八月のひかりを刻むブラインド**（169）」これは似た感じの句をどこかで見た気がする。「**鶴となる前の折紙冬来る**（177）」この「鶴となる前の折紙」というのもあちこちで見ている気がする。「**入口も出口もあらず大花野**（106）」これも似たような句がときどきある気がする。割と発想が固定化していて、句にすることによって物事が新たなリアリティを得る驚きというのがほとんどなかったものですから、これは三位以内にはちょっと入りませんでした。

司会：では佐藤さん、お願いします。

佐藤：ある種の向日性というか前向きな明るさというんでしょうか、そういうのは感じた句集です。が、私も正直あまり新しみは感じなかったというのが感想です。俳句としてできていないということではないと思います。例えば先ほど髙田さんが挙げた「**飛んできて天道虫となりにけり**（31）」これなんかはしっかり出来ている句だとは思いますが、ある意味素十の「翅わつててんとう虫の飛びいづる」の逆パターンというのでしょうか。その既成の発想から導かれてくるようなところに、この「天道虫」はいるような気がしてしまいます。同じような感じでいくと、例えば「**雪柳風を大きく使ひけり**（122）」なんていうのは全然悪い句じゃない。雪柳らしさは非常によく出ているんですけれども、これは措辞ですかね。「風を大きく使ひけり」という言葉遣いにやや手垢がついているような感じがしてしまうということです。そういう意味で言うと、「**月おぼろ指環のあとのくすり指**（57）」なんて言うのも別に悪い句ではないと思いますが、ちょっと抒情に手垢がついているというか、割と今まで詠まれてきたところに収まってしまうようなところがあって、その辺りは少し全体として新しみに欠けるようなところだったのかなという気がしています。そんな中で私がこの句集の中で一番印象に残った句を挙げると「**背中から乗り込む電車夏きざす**（131）」こういう句が、私はいいんじゃないかなと思います。ラッシュアワーの電車に乗るときの身のこなしが題材になっているわけですけれど、こういう切り口は新しみがあっていいと思います。この句の季語は「夏きざす」で大きい季語ではあるんですけど、この句ではこれが効いているように思いました。既成の価値観や詠まれてきた抒情から一歩抜け出される努力というようなものが出てくるとますます面白くなられるんじゃないかというような思いで読んだ句集でした。

乾佐伎句集『未来一滴』

司会：有難うございました。では次の句集に行きたいと思います。乾佐伎さんで『未来一滴』です。乾さんは一九九〇年生まれで二十九歳です。俳誌「吟遊」文芸誌「コールサック」に入っていらっしゃいます。「世界俳句協会」の会員でいらっしゃいます。では関さん、お願いします。

関：これは正直頂いた句があまりなかった句集でした。「**好きという一語でできた銀河系**(9)」自分の思いを外へ広げていく情念の句で、スケール感はあり、その中で宇宙全部をひっくるめた自分の感情への自己肯定感というのは別に気分としては悪くないですけれども、こういう恋愛感情的なものを詠んだ句、自分の感情に寄り添ってしまった句がいっぱいあって「**ザク切りのキャベツ君に会いたい**(83)」「**冬空の青さに二人立ちすくむ**(14)」「**君思えば無人の駅に積もる雪**(19)」と図解的、イラスト的によく分かる句になっているんですが、やはり大ざっぱな天文系の季語とかが多い。こういう自分の思いに自分で寄り添って外界を支配してしまうタイプの句というのは、外界の他人も事物も風景も、他者性を全部消してしまう作り方なのではないかという気がしまして、そこであまり取れませんでした。だから驚く要素はないです。

司会：では髙田さん、お願いします。

髙田：同感です。あなたと私が会ってそれだけで世界ができているという感じですね。ある意味ではスローガンに似ている。言いたいことをストレートにぶつけている。言外に、とか、言葉に託してという要素があまりないので、奥行きのある俳句にはなっていないのではないか。例えば「**観覧車私は俳句を追いかける**（118）」「私は俳句を追いかける」というこれはまさにスローガンだと思うんですね。季語の有無の話ではないです。自分の気持ちと取り合わせてあるのは観覧車ですよね。観覧車をどう働かせたいのかと考えたときに、どう読み取ればよいのか、迷うのです。例えば観覧車はぐるぐる回るだけでゴールがないから、二周で降りてくださいと言われたら降りなくてはいけないのか、とか、追いかけるけど捕まえられなくて死ぬまでぐるぐる回っているだけなのかとか、そんな風に取るとマイナスの意味合いが強くなってしまう。もっとカラフルでポップなものとしてポジティブに「私は俳句を追いかける」を押し出しているんだろうとは思います。ですが観覧車以外の部分があまりにストレートすぎてはっきり伝わるだけに、結局観覧車に託したものが読み切れない。このように何を言っているのかな？　と思いつつ読んだ「一行詩」が多かったように思いました。

司会：では佐藤さん、お願いします。

佐藤：お二方と私も基本的に同じ感想ですね。一集を通して物を描くということがほとんどない。そこが全体として弱いと思います。読者をもう少し信頼していただいて、読者の鑑賞の余地がないと、俳句というものはなかなか入り込んでいけないのかなということを思った句集ですね。今日はこの他にも代名詞を多く使っている句集というのがたくさんありました。生駒さんも藤田さんも多い方でしたけれど、この方が多分一番多いです。「私」を使っている句が最低でも十五句以上あります。「君」というのはもっと、二十五句から三十句くらいあったと思います。そのぐらい人称代名詞が非常に多く出てくる。これが申し訳ないけれど違和感になっている大きな原因の一つだと思います。ですからその辺りを是非今後また俳句を続けていく際にはお考え頂きたいなという風に思いますし、もう少し読者を信頼した俳句の作り方というのをなさって頂きたいなという感想を持った次第です。

司会：では髙柳さん、お願いします。

髙柳：私は拾える句が多かったですけどね。「**ネモフィラの青へ大空帰ってゆく**（55）」ネモフィラの中から大空が出てきてそして夕方になるとそこへ帰ってゆく。その発想がダイナミックで良かったと思います。「**八月から九月へ白いドレス着て**（108）」季節の頃の日射しの強さを感じさせる、白いドレスというものがここに閃いているというイメージに惹かれるところがありました。季節感をこういう風に表わしたというのは面白い切り口だったんじゃないかなと思います。「**友達が欲しいキツネにそよ風を**（31）」絵本的・童話的な世界で、キツネの鼻をひくひくさせているような仕草も見えてきますし、そこに作者自身を託しているのかなと。作者自身もそんなような思いがあるんだろうなという構図が分かりやすくて、腑に落ちる句でした。「**カーネーション私は許され続けてる**（63）」カーネーションなので母の日にお母さんにプレゼントしたということなんでしょう。でも「私は許され続けてる」ということで母と子の間にちょっとわだかまりがあって、お母さんの優しさというのかな、大らかさに助けられ続けているんだというような、娘の気持ちが隠されているのかなと思います。「**パンジーはさよならがない街に咲く**（43）」別れがない街なんてありえないんですよね。皆死んでいったり別れたりするんだけど、そういうさよならがない街があったら本当にいいなというような割と普遍的な人々の願いというものを、パンジーという明るい花を通して表わしたということです。これも私は乗れる句だったというところですね。恋の句が多いです。恋の句というのはそれこそ日本の詩歌のはじまりから恋の歌、恋の句というのがあったわけで、これを追求していくのはすごくやりがいがあるなんじゃないかと思います。ただやっぱり恋の句には恋の定型と言いますか、クリシェと言いますか決まった書き方があって、それを踏まえた上でどこかそこをはみ出していかなければならないということじゃないでしょうかね。ちょっとそこのクリシェに留まってしまっている句が多かったのが、皆さんにとってもマイナスの評価に繋がったんでしょうし、私としてももうちょっと他の誰でもない、この作者ならではの恋というものを見せてほしかった。そのためには何かしら自分が傷ついたり誰かを傷つけたりすることになるかもしれないんだけど、そういう生々しい血とか体液みたいなものが滴り落ちるようなそういう恋の句も見たいなというところはありました。そんなところです。

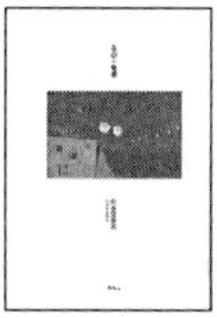

宮本佳世乃句集『三〇一号室』

司会：有り難うございました。では次の句集に行きます。宮本佳世乃さんの句集『三〇一号室』です。宮本佳世乃さんの句集はこれが第二句集になります。前回『鳥飛ぶ仕組み』でやはり田中裕明賞に応募してくださいました。一九七四年生まれで四十五歳。「オルガン」に所属しておられます。二〇一七年に現代俳句新人賞を受賞しておられます。この句集もよかったと書かれたのは関さんでしたかしら。

関：点数を入れる上位三点には入らなかったんですが、独自性があって面白かったです。

司会：では関さんからお願いいします。

関：宮本佳世乃さんの句集は第一句集『鳥飛ぶ仕組み』から見ていて、この人の句集というか句の作り方としては、句がそんなに写生的にある対象に向かって焦点を結ばない作り方が多くて、一句の言葉全体が寓意とか象徴に見えるんだけれどもそれが何を意味しているのかはしかと分からないから、そこの空白のところで非現実的な空間が開くところを面白がらなければついていけないんじゃないかという感じがありました。だから意味からも情感からも、どっちのルートからもついていくのがなかなか大変なところがあったんですが、第一句集のときはそれが全体に明るい、シンプルで爽やかな方向を目指している感じがあって、それがある種無害な印象にも繋がったんですが、今回の句集を見たら第一部に当たる「片側の」という章、この章の印象がかなり変わってきて、そこが面白かったです。明るくて不思議、軽やかというイメージをあまり目指していませんね、この章は。もうちょっと不穏で狷介な感じがある。例えば「**来る勿れ露草は空映したる**(9)」飯島晴子の「葛の花来るなと言つたではないか」みたいなモチーフが突然出てきたり、「**キツネノカミソリ金網の向うは水**(9)」「**からすうり里の朝から母を逃がす**(9)」状況不明ですがとにかく母を逃がさなくてはいけない局面が出てきたりする。ここら辺で不穏な狷介なものが出てきて、しかしそれが何か自分の心情的なものを象徴的に出しているのか、どういう意味だと取ればいいのか、何が起こっていると取ればいいのかはそんなに明確には分からないんですね。迷宮的な作り方になっているんだけれども、その迷宮の中心まで行くと何かがあるという作り方じゃなくて、迷宮の壁を辿っていったら読者は最終的に中へ入れず外側に弾かれてしまう不思議な作りになっている。その壁の存在自体を面白がらなくちゃいけないんじゃないかという、そういう感じがしました。それをプラスにとることもできる。「**自然薯の蔓やけむりだらけの村**(11)」これも「けむりだらけ」というやや不快なものが混ざってきて、それで全体として象徴主義的にこういう景色を出すことによってある別のことを言い表わそうとしている句にも見えるんですが、それが何なのかは分からないので「けむりだらけ」という違和感だけが不思議に残る。それを面白いと思えば面白い。「**藁塚の倒れて息の生れたる**(13)」これも藁塚の捉え方としては、倒れたところではじめて生気を感じるというこれもちょっと不吉な感じがあって、そこが面白いです。「**冷ややかに時計の螺子の集まれり**(16)」これは映画でブラザーズ・クエイであったりあるいはヤン・シュヴァンクマイエルであったり、粘土で静止画像を繋げてクレイアニメを作る人がいるんですが、そういう映画でよく出てくるイメージで螺子が勝手に動いてばらばらになったりする。そういうところを書かれるとすごく不気味な感じがするんですが、そこに「冷ややかに」とつけてちゃんとそういう方向へ誘導していく感じがあります。これなんかはイメージの面白さは分かりやすい。「**水鳥の手前の家が濡れてをり**(22)」水鳥自体は別にいるだけだったらそんなに不穏な感じがするものじゃないんですが、その手前の家まで濡れているという形に続くと、その水気は何か洪水のようにだんだんこちらへ向かって広がってくるような感じがします。その変な水気に飲み込まれていくような感じがあって、それが必ずしも自分の感情とか心象の反映になっているのかいないのか分からない、微妙なところにある。その気持ちの悪さが逆に面白い。というのが第一部でずっとあってですね、そこから先が第一句集と同じような作り方にだんだん帰ってくるんですよ。だからその先は「**うすばかげろふおとうとの肺に棲む**（127）」これも不思議なイメージを出していますし、「おとうと」という要素が出てくるので家族に対する情感の要素も出てきますけれども、これだと見かけほど不穏な感じにはなっていない。「**竹落葉足が地中へのびゆけり**（131）」これは竹落葉が重なってふかふかになっているところに足が沈んだということを言っていると素直に取れますので、現実に還元できます。そういう現実に還元できるものの中から幻想的なところを拾ってくる感じになっています。それからやや不穏な感じのする句ですが「**火事跡に階段の蠢いてゐる**（99）」これも火事跡に階段が焼け残っているのが目立つという句なんでしょうが、これは象徴的な不穏さもあるけど写生に還元できますね。見ていくと明るいイメージは後半もそんなにないかもしれませんけれど、後半はその言葉が対象に対して何をしているのか、写生をしているというのが一応分かる作りは多い。序盤の毒気がだんだん当たり前の世界、当たり前の方法に着地していくような作りになっているというのが、ちょっと弱点になってしまっているんじゃないかと思いました。東日本大震災の被災地であるいわき市に私も宮本さんもツアーで一緒に行っているんですが、材料的に多分その時の句であろうものが出てきます。「**八月の家の土台に雨降るか**（73）」「**その先にお椀のありし土足で立つ**（75）」「**ブルドーザー中学校のプールに苔**（76）」中学校のプールにブルドーザーが入っている、これは解体工事現場になっているんでしょう。「**その他はブルーシートで覆はるる**（77）」という無季の句。「その他は」という雑駁な言い方をしていますけれども、ブルーシートでその他一切が覆われてしまっているということだけを書いて、欠損した部分を想像させるという書き方になっている。この辺はテキストにはどこにも書いていないから被災地と決め込んでは本当はいけないんですけれども、やはりお椀のあるところに土足で立つことは異常な光景ではあるでしょう。家の土台だけが残っているところに雨が降っているというちょっと物悲しいところも、やはり普通の解体現場ではない感じがする。ここら辺はそんなに写生的な書き方はしていませんが、心情の中にその風景が取り込まれているという作り方です。その辺で分かりやすくなっていて、あるショッキングな現場に対して俳句の言葉でどう向き合うかということに対する一つのこの人なりの答えが出ているんだなというそこまでの葛藤は感じました。その結果としてこういう形になった。もう少し踏み込み方はあったのかもしれないけれど、この句集の作風の中ではこういう形で処理された。果たし合いの現場みたいな感じがして、その緊張感がありました。以上です。

司会：では髙柳さん、お願いします。

髙柳：目をあんまり信頼しない人なんだなあという感じがしましたね。俳句はどうしても視覚的な把握というのが基本になりますけれど、あえて視覚を封じているようなところがある。「**目をつむり冷たい岩の間を通る**（102）」これなんかは作者の書き方をある意味表わしているんじゃないかと思うんですね。触った感覚とか音、そういうものに敏感ですね。好きだったのは「**録音のやうな初音のなかにゐる**（46）」という句です。「初音」は昔から春の先触れで喜ばれてきたわけですけれど、それにどこか違和感を覚えているというのかな。誰かが録音した偽の音声を聞かされているんじゃないかという「初音」に対するシニカルな捉え方ですよね。これなんかはやっぱり音に特化した、感じ取れたところなのかなと思います。初音のどこか嘘くささみたいなものを聞き止めているわけですよね。「**雪晴や器械から音楽の出て**（108）」「**台湾のお菓子かさかさかひやぐら**（49）」というのも音に着目して、それから触った感覚かな。「お菓子かさかさ」なんてそうですよね。視覚以外にも世の中には色んな捉え方があって、視覚を封じてみるとほとんど情報はシャットアウトされるようであって、むしろ豊かな世界が開かれていくんだよというのを、こういう句を見ると思わせられますね。触った感覚、体の感覚なんかも活かしていますよね。「**春を待つからだののびて交換す**(37)」これは何を交換しているのかあえて書かないんですよね。だから物が出ていない。視覚的に出すのをあえて放擲して、それで「からだののびて」という体の感覚だけを書いている。でもこれは面白いなと思いました。何を交換するのか分からないんですけど、電球とかそういう俗っぽいものかもしれないし、神様みたいな存在が春から冬へ何かを切り替える、交換することによって季節を進めている。そんな想像ができるところもあります。手数の多い人ですよね。時に童話風であり、時に先ほど関さんも触れたような被災地のドキュメンタリー調の句もあったりします。でもやっぱり、すごく大事なものがあって大事なものというのはなかなか目には見えないというのかな。それを捉えるために五感を総動員しているところがあって、そういう作者の姿勢が見えてくるからこそ作者には生きる上で何かすごく大事なものがあって、それを俳句を書くことによって何かを書き留めようとしているんだろうなという、そんなような句集じゃないかと思いました。私にとっては書き方が淡かったり高踏的と感じられたりした句が目立ったので選には入れませんでしたけれど、この書き方には確かな個性があるという風に思います。

司会：では佐藤さん、お願いします。

佐藤：私もこの句集は好感を持って読みました。独特の文体というのがこの方にはあると思います。それは例えば藤永さんの写生とは全く違うやり方ですよね。ちょうど髙柳さんが「目をあまり信頼していない」というようなことをおっしゃいましたけれど、そういう感じは確かにします。もっと世界を感覚的に把握しているような、そういう捉え方にある種の個性がある方だなと思いました。先ほど関さんが挙げていた「**水鳥の手前の家が濡れてをり**(22)」。これは私も大変気になった句でありますが、私は不気味だという鑑賞はしませんでした。この方は空間把握が独特なんですよ。もちろん水鳥が実際にいる場所と手前の家との間にはそれなりの距離はあるはずなんですけど、そこが作者の中ではものすごく近くなっているというか、実際の空間とは違う形で捉えられているような、交錯した把握なのかなという鑑賞を私はしています。同じようなタイプの句で言うと「**手のひらにをさまりさうな蜜柑山**(29)」これも「蜜柑山」というのをある種遠近感を無視して、蜜柑だったら手に載るんですけどね、蜜柑山そのものが手のひらに収まりそうだと。こういう把握も先ほどの水鳥の句に通じるような感覚のユニークさというものを感じます。先ほど髙柳さんがあげた「**録音のやうな初音のなかにゐる**(46)」これもちょっとタイプは違う、音ですけれども、現実の鳥の声と、よく商店街とかでこれ見よがしに流されている作られたウグイスの鳴き声というものが彼女の中で交錯している、ごちゃごちゃになっているような感じというのがある種の面白さじゃないかなと思っています。そういう意味で言うと「**空蟬の摑む時間のやうなもの**(139)」これなんかは今度は空間と時間が交錯してしまっている感じですね。空蟬が実際に摑んでいるものは例えば木の幹であったりブロックの塀であったりするんでしょうけれど、それがもはや空間ではなくて時間を摑んでいるんじゃなかろうかと、こういうところに発想が飛んでいくところにこの方の個性と言いましょうか、特に世界の把握の仕方に私は特徴的なものを感じました。ただやっぱりこれだけの分量を読んでくるとなかなかオーソドックスじゃないものですから、乗れるものばかりでは正直ない。何を言いたいのかなと首を傾げてしまう部分も正直あって……というところで、最終的に三編の中には選びきれませんでした。なかなか他の方が真似できないようなものを持っている作者だなということは強く感じた句集でした。

司会：では髙田さん、お願いします。

髙田：私も同じです。この方に世界はどう見えているんだろう、見えるというと視覚になっちゃうので、この方は世界をどう受け止めているのだろうという言い方をした方がいいのかもしれません。隣の人と同じように見えているとは限らない、とよく聞きますが、それをこの句集に強く感じました。さっき関さんが取られていましたけれど、「**その他はブルーシートで覆はるる**（77）」この句に到って初めて私ははっとしました。この句に一番心を摑まれました。深い絶望感と言いますか、そういうものに読者までもが捉われます。最初のほうから順々にいくつか引きますと、「**かなかなに血の集まつてゐるばかり**（11）」「**お降りの糸散らばつてゐる東京**（34）」「**蟬時雨蟬こなごなに横たはる**（67）」。例えば「**十月のひかりの橋を渡りけり**（13）」こういう感じの句だったら、私でも作ろうと思えば作れますが、こういう句よりも血が集まっているとか粉々に横たわるとか、そういう句の方が魅力的です。さっき「目を信頼していない」とおっしゃっていましたが、例えば「**踏切のゆつくり枯れてをりにけり**（26）」この句は好きですが、その近くにある「**燈油売る車のそばの観音像**（26）」こちらには、観音像が見えるだけで心が全然動きません。この人にとっては同じように伝えたいものがあるのでしょうけど。「**ボールペンごと春服の掛かりをり**（52）」という面白い句のすぐ近くに「**花屑の留まつてゐる石畳**（52）」というつまらない句がある。

同じように「**涼しさや玻璃戸の端の歪みたる**（56）」というのもさほど面白くない。この句集に花屑とか玻璃戸の端の歪み、みたいな句が置かれると全然魅力的でなく見えてくるのが不思議でした。視覚を信頼していないということと等しいのかもしれませんが、目を閉ざして感じ取った世界を言葉にして下さったほうがこの方の場合魅力的な俳句となって現れ出るのではないかしら。以上です。

十月十日句集『幸福な夢想者の散歩』

司会：有難うございました。いよいよ最後の句集です。十月十日さんの句集で『幸福な夢想者の散歩』。十月さんは一九八六年生まれの三十三歳です。北海道の旭川市にお住まいの方です。結社は無所属です。では佐藤さん、お願いします。

佐藤：全体としてこれも奥行きがあまりないというか、もう少しものを言わない方がいいのになという句が割と多かったというのが正直な感想ですね。いくつか良いと思った句を挙げますと「**無限大何度も描き海苔炙る**（22）」これは数学で使う「∞」の記号のことだと思うんですけどね。海苔がそういう風に波打ちながら炙られていく感じを言いたかったのかな。それが果たしてちゃんと伝わるのかなあという、そこですよね。ただ読もうとしていることはいいんじゃないかと思いました。それから「**夏草や童子の尿迸る**（29）」なんていうのは素直に詠んでいる句だと思います。ある種の子供の元気さ、健康さが夏草と上手く響いていて、この辺はいいと思ったんですが、やはり全部言っちゃってるようなタイプの句が多く見受けられたのがちょっと残念なところでしたね。後は季語の使い方として「夏男」なんていうのがあるんですね。「**おかわりを三度もするや夏男**（32）」こう言われてしまうと言葉としては違和感を覚えますし、「**スナックのママに叱られ秋の虫**（47）」「虫」は基本的に秋の季語なので、わざわざ「秋の虫」とは言わないと思うんですけれども、こういうところにもちょっと違和感がありました。性を詠んだ句もいくつかありましたけれど、ちょっとそれが直接的過ぎるというか、なかなか詩になり切れていないんじゃないかなというところも私の中では気になった。是非もう少し抑制した表現というのを磨いて頂ければなと思いました。

司会：では髙柳さん、お願いします。

髙柳：やっぱりサービス精神があると言いますか、分かりやすい句が並んでいましたね。「**バスタブの荒野を歩く親子蜘蛛**（13）」というのも結構くどく書いているんですよね。そのまま詠むとすれば「バスタブを歩く蜘蛛」だけなんですよね。でもそれをバスタブを荒野と言ってみたり、その蜘蛛が親子で歩いていたとか。卵を背負っているということかなあ。そういう風にちょっとくどく作っているところは、作者のサービス精神ゆえじゃないかと思うんです。他にも「**左義長や達磨を投げる元議員**（21）」とかね。先ほど佐藤さんも挙げられていましたけれど、「**無限大何度も描き海苔炙る**（22）」これは素直にいいなと思いました。海苔なんていう何てことない日常の食材に「無限大」という言葉をぶつけているわけです。それから「**義父に肩蹴られて花の宴終わる**（26）」「義父」は酒飲みの人なのかなあ。あんまり強く非難できないみたいな（笑）そんな肩身の狭さが感じられます。「**校庭の隅の墓標や銀杏散る**（48）」生徒たちは気にしないんでしょうけれど、そこで昔亡くなった方の墓標、戦争で亡くなったのかもしれないし、何かの歴史的な事件の舞台だったのかもしれませんけれどね。そういうものに目を留めて見るというところ。好きな句は結構多かったんですけれど、サービス過剰なところもありましたので、やっぱりそこら辺は抑えると言いますか、そこまでサービスしなくても素っ気なく書くぐらいでいいと思います。俳句の場合、あんまり分かりやすい面白さじゃなくて、謎とか分かりにくさとか、そういうものが逆に魅力になったりもしますので、自分でもいいのかどうかわからない、人に伝わるかどうかも分からない、みたいなところで勝負してみるという。逆に分かりずらさ、サービスしないというところに行ってもいいのかなというのはありました。そんなところです。

司会：では髙田さん、お願いします。

髙田：皆さんと重なる句なんですけれど、「**無限大何度も描き海苔炙る**(22)」海苔の状態ではなくて、こうやって炙っているという仕草として私は取りました。「**故郷の初雪誰も口にせず**(49)」北海道の人だからでしょうか。誰も口にしないという。私たちだったら「今日降った」と嬉しそうに言っちゃうと思うので。「**耳たぶの裏側にある真冬かな**(68)」これはこの人の感性で捉えたもの。この三句を選ばせていただきました。皆さんがおっしゃるように、直球で勝負なさっているので、奥行きや厚みを感じる余裕がなく読み終わってしまうというところがありました。「十月十日」というお名前は生まれたてということなんですかね。この次に現れるときはまた違うお名前になっているかもしれません。それを期待してお待ちしたいと思います。

司会：では関さん、お願いします。

関：この中で取った句としては「**うつすらと茎まで赤きチューリップ**（8）」という割と平明な写生の句と、「**蜜豆を残して帰る少女たち**（31）」これは残された蜜豆が哀れという情感があったので取りましたけれども、全体に皆さんがおっしゃるように説明しすぎサービスしすぎでした。性体験の句は言い過ぎのために空想で好きな情景を描いているように見えてしまって、句としてはいまひとつ説得力やインパクトがなくなってきている。それから言い方が力んでいるんだけれど、内容が当たり前という句もちょっとありました。「**寄鍋や山川海畑ぶつこんで**（55）」この「ぶつこんで」もそんなに効いていないんじゃないか。寄鍋ってそういうものだろうということで終わってしまいかねない。「**しらうおの眼眼眼**（6）」白魚は大量に寄せ集めた状態で食べるものなので、目がいっぱいある。これは句の着眼としては割とありがちだと思うので、力んですっぽ抜けている。気になったところでは、動物を書く時に擬人法が多いです。「**恋猫やそろりそろりと朝帰り**（7）」「**まだ生きているぞと気泡出す蜆**（9）」「**冬待つや車の上の猫会議**（14）」も猫が会議をやっているわけだからちょっと擬人法ぽいですね。「**もう拝むこともやめたか冬の蝿**（16）」そこら辺はすべて擬人法が他者性を消してしまって、動物を描いていながらその強みがあんまり出てこない。「**使い捨てカイロの如き身分かな**（69）」この辺は面白がるポイントがどちらかというとサラリーマン川柳に向いていて、俳句にするにはもう少し抑えたほうがいいんではないかというのがちょっとありました。個人的に引っかかったのは「**永遠の十七歳や墓洗う**（42）」これは十七歳で死んでそれで墓碑銘に刻まれたから永遠の十七歳なんでしょうけれど、声優の井上喜久子という人がいまして、私より年がだいぶ上の方なんですけれどある時期からふざけて結構な年になっても「井上喜久子十七歳です」とラジオで名乗るようになってしまってですね。それを年を取るのが嫌な若い女性声優たちが皆十七歳教というのを作ってそこに入った女性声優はそれ以後年を取らないでずっと十七歳だということにしちゃったという遊びがあったんです。だから十七歳から先は「十七歳と一七四七か月です」とかそういう言い方になる。「十七歳」と言われると知ってる人はそっちを思い浮かべてしまうので、それを使って遊んだなという愉快さはありました。ちょっと言い過ぎで、俗な素材が俗な句のままに終始してしまったところが多く、句集として推すところにはいきませんでした。

司会：有難うございました。これで応募句集について皆さんに選評をいただきました。いよいよ田中裕明賞を決めていただくことになるわけですけれども、一応対象を五冊にして考えていきたいと思います。生駒大祐句集『水界園丁』、藤本夕衣句集『遠くの声』、藤永貴之句集『椎拾ふ』、松本てふこ句集『汗の果実』、藤田哲史句集『楡の茂る頃とその前後』。点数から言うと生駒さんが六点で一番高いんですけれども、選評をしてきてこの句集をもっと自分は推したいとか、対象としてもっと語っていきたいということがありましたらおっしゃって下さい。もしそれでなければ、高得点の生駒さんが受賞ということになります。髙柳さんはいかがですか？

髙柳：私はもともと生駒さんを第一位に推していましたので、何の異存もございません（笑）。

司会：佐藤さんはいかがでしょうか。

佐藤：私も『水界園丁』はそんなに悪いとは思っていませんし、三編には入りませんでしたけれど四番目か五番目かというような気持ちではいます。ここで決まってそれほど異存はないんですが、今までの受賞者を見ていますと、該当者なしの年があったり、二名受賞されている年もあったりしますが、少し毛色がちがう例えば藤永さんみたいな方がもう一人の受賞者ということは考えられないのかどうか。そこだけちょっとお聞きしたいと思っています。

司会：はい。それは選考委員の方のお考えになると思うんですけれども、その辺についてはいかがでしょうか。関さんはどのようにお考えですか。

関：『椎拾ふ』は別に悪い句集ではないですけれども、選考会の最中に言ったような評価でダブル受賞まで持ち込む力はないと思います。

司会：髙柳さんはいかがでしょうか。

髙柳：冒頭に述べた新しさという点からすると、私は『椎拾ふ』にそれほどの新しさがあるようには感じなかったですけどね。句会でもし藤永さんの句が出てきたら多分たくさん取るとは思うんですけれど、句会でいい句というのと賞の選考でいい句というのはちょっと別なのかなと思いました。やっぱり生駒さんの言葉の手触りと言いますか、言葉の組み立て方、そしてそこから醸し出される詩情というところは、歴史的に見ても今までにないものがあったんじゃないかなというところがありました。藤永さんの句はある考え方の到達点ではあると思います。具体的には虚子のメソッド、思想の到達点ではあるかと思うんですけれど、彼自身の力がどこまで作品の上に寄与しているかというとそこはちょっと疑問符がつくということですね。ダブル受賞にしてしまうと、田中裕明賞としてこういうものを推していくんだというメッセージ性が薄まるような気もします。

司会：髙田さんはいかがですか。

高田：藤本夕衣さんと藤永貴之さん、私はお二方を一位二位で推しましたけれど、田中裕明賞としてというところは、どう考えようかといささかの迷いを抱いていたことは事実です。ただ私にとって一番完成度が高く今後をも安心して託せる句集という選び方で一位につけたものです。この二つはもちろん個性の異なった句集ですが似ています。私が推したもののうちひとつだけ違うタイプのものといえば生駒さんなんですね。だから生駒さん藤永さんの二人を推すという感じではやっぱりないかなあという気がします。田中裕明賞としては一集だけ選び出したい。賞のあり方としてこうである、ということならば私自身は生駒さんを推すことに反対しません。惹かれた句もたくさんありましたし。一位二位三位、どれも引いた句数としては同じくらいありましたから。
司会：分かりました。佐藤さん、いかがでしょうか。
佐藤：皆さんのお考え、おっしゃることに私は全然異存はありません。生駒さんの受賞で結構だと思います。
司会：はい。では今回の第十一回田中裕明賞は生駒大祐さんの『水界園丁』に決定ということにしたいのですが、いかがでしょうか……よろしいですか。では、第十一回田中裕明賞は、生駒大祐さんの『水界園丁』に決まりました。今日は本当にありがとうございました。皆様にひと言ずつ、初めての選考会に臨んでの感想をいただければと思います。五十音順で佐藤さんからお願いします。
佐藤：今までは冊子で、出来上がったものを我々は読んでいましたけれども、やはりこれだけの分量があるんだなということはつくづく今日実際にやってみて思いました。普段からもちろん色んな方の句集は読むんですけれど、選考ということになると色んな角度からその方の句集を読まなければならない。これは非常にいい勉強になりました。何回ぐらい読んだでしょうか……結構数えられないくらいに読みました。いい句を拾おうという気持ちで読むときがあったり、だめな句を探すような感じで読む回があったりとかね。そんな感じで十一人の方の力作に対してこちらも力を入れて臨んだことは大変いい経験になったと思います。生駒さんはまだ三十代前半ですかね。いい年代の方が選ばれたなという風に思います。もちろん四十五歳ぎりぎりの方が選ばれて悪いということは全然ないんですけれどね。非常に先が長い作家ですので、田中裕明賞というのが生駒さんにとってのゴールではないと思っていますので、これをひとつのステップとしてまた新たな脱皮と進化をどんどん遂げていただきたいと思いますし、そのための裕明賞でなければならないと思っております。今日の選考の結果に関しては非常に私自身も納得しております。是非それを生駒さんにもお伝えしたいと思います。

司会：有難うございます。では関さん、お願いします。

関：十一冊も冊数があって、それぞれ面白いところが多々ある充実した句集が多かったものですから、これを半日でやるのは大変でしたね。私も句集をどれも何度も読んだんですけれども、点数で言うと二位三位に入っている藤本さんの『遠くの声』と藤永さんの『椎拾ふ』はやはり読み返すたびに「この句を見落としていた」というのがわらわら出てきてしまって、気持ちからすると上位の五冊くらい全部に賞を出したかったくらいなんですが、『水界園丁』が受賞というのは非常に妥当な結果で良かったと思います。青木亮人さんが何かの記事で「平成俳句の金字塔」という評価を新聞に書いていましたけれど、私もこの『水界園丁』に関しては時代的にも俳句史的にも今選ばれるべき句集ということで、特筆すべきというか、万が一この句集を受賞作として取り逃してしまったら裕明賞側にとって恥になるレベルだったと思っていますので、妥当な結果と思います。藤田哲史を私は一位にしたんですけれども、もう少し生駒さんが大差で一位になってしまうんじゃないかと思っていました。

司会：有難うございます。では髙田さんお願いします。

髙田：主義主張が違うところでもって、それでも評価は一つにしなくちゃいけないという、そこのところがなかなか難しくもあり、きっと面白いところでもあるんでしょうね。私は人を評価するという立場にあまり立たないものですから。あ、句会で選句するということではなくて、賞の選者という立場にあまり立ったことがないので、人を評価する言葉というのをあまり持ち合わせないんですね。

司会：いい選評をして頂いたと思いますけれど。

髙田：有り難うございます。皆さんの言葉を聞き取りながら、そういう意味でも非常に刺激的で面白かったなと思っています。選ぶというのは本当に難しいし、責任重大です。賞を取る取らないからすれば、取ったらなんぼのものでしかなく、第何回にノミネートされたっていうのは一切関係ない話になっちゃう。でも、読者としては味わいの深いものがたくさんあります。

司会：だから冊子を出す意味があるんですよね。田中裕明賞を取ったものだけではなくて、同時に語られたものがどう語られていったかというのを残しておきたいというところもあるので。結構大事なことかなと思っています。

髙田：そうですよね。本当に面白い経験をさせて頂くことになったなと思っています。有難うございました。

司会：有難うございました。髙柳さん、お願いします。

髙柳：どういう風に句集を読んでいくかというのはそれぞれのスタンスもあるんですけれど、髙田さんは読んで安心した句を選ばれたとさっきおっしゃっていましたね。僕はむしろ逆で、自分に対して不安、もっときつい言い方をすれば不快と言っていいと思います。何か自分の中になかったもの、自分が今まで知らなかったものを突き付けられると、人は恐れや不安感を覚えると思うんですね。それが俳句に限らず芸術というのはそういう同じ時代の人に不安感や脅威を与えるものが次の時代を作っていくというところもあるんじゃないかなと思うので、自分に馴染んだ世界というよりは自分とは違う世界を持った人を選びたかったというのがあります。で、生駒さんがそういう点で選ばれたというのは喜ぶべきことではあったんですけれど、他の方には選考委員が出した答えは一つの答えに過ぎませんので、皆さんの歩んでいる今、俳句の道や考え方が間違っているというわけでは全然なくて、逆に我々の判断の方が間違っていると後世から弾劾されるかもしれない（笑）。ここに芸術や文化を評価するということの難しさや面白さもあるとは思うものですから。ですから一方的に押し付けたという風に思わずに、一応選者の側から「こういう句が新しいんじゃないですか」「こういう句に美や価値があるんじゃないですか」という一つの問いかけをしたと思っていただいて、それに対してまたどう返していただくかということです。そういう対話の一つのきっかけがこういう賞なんじゃないかなと思うんですね。対話によってまた俳句の世界、歴史みたいなものが動いていくんじゃないかなと思います。そういう現場に居合わせてもらったというのは光栄ですし、スリリングな機会でした。ありがとうございました。

司会：私も今日は初めて四人の方の選考を伺いまして、本当にいい方々が選者になって頂いたなと思って大変嬉しく思いました。また来年も引き続きよろしくお願いいたします。句集をたくさん読まなくてはいけなくて大変とは思いますが、本当にお疲れ様でございました。

全員：有り難うございました。

選考委員プロフィール

佐藤郁良（さとう・いくら）

一九六八年、東京生まれ。二〇〇一年、高校教諭として俳句甲子園に初引率。二〇〇三年、「銀化」入会。二〇〇七年、句集『海図』にて第三一回俳人協会新人賞受賞。二〇一三年、櫂未知子氏と「群青」創刊。現在、「群青」共同代表、「銀化」同人、俳人協会幹事、日本文藝家協会会員。句集『海図』（ふらんす堂）『星の呼吸』（角川書店）『しなてるや』（ふらんす堂）。著書『俳句のための文語文法入門』（角川学芸出版）『俳句のための文語文法　実作編』（ＫＡＤＯＫＡＷＡ）『俳句を楽しむ』（岩波ジュニア新書）。

関　悦史（せき・えつし）

一九六九年土浦市生まれ。二〇〇二年「マクデブルクの館」100句で第一回芝不器男俳句新人賞城戸朱理奨励賞。二〇〇九年「天使としての空間――田中裕明的媒介性について――」で第十一回俳句界評論賞。二〇一一年句集『六十億本の回転する曲がつた棒』刊行。翌年同書で第三回田中裕明賞。二〇一七年句集『花咲く機械状独身者たちの活造り』、評論集『俳句という他界』刊行。「翻車魚」同人。

髙田正子（たかだ・まさこ）
一九五九年岐阜県生まれ。「藍生」所属　俳人協会評議員　NPO「季語と歳時記の会」理事　日本文藝家協会会員。句集に『玩具』『花実』（俳人協会新人賞）、『青麗』（星野立子賞）、自註現代俳句シリーズ『髙田正子集』。著書に『子どもの一句』（ふらんす堂）。ふらんす堂通信「花実集」選者。

髙柳克弘（たかやなぎ・かつひろ）
一九八〇年静岡県浜松市生。二〇〇二年「鷹」に入会、藤田湘子に師事。二〇〇四年俳句研究賞受賞。二〇〇五年藤田湘子逝去。新主宰小川軽舟の下、「鷹」編集長就任。二〇〇八年評論集『凛然たる青春』によって俳人協会評論新人賞受賞。二〇一〇年第一句集『未踏』によって第一回田中裕明賞受賞。二〇一七年、Eテレ「NHK俳句」選者。著書に『凛然たる青春』（富士見書房）、『芭蕉の一句』（ふらんす堂）、『未踏』（ふらんす堂）、『寒林』（ふらんす堂）、『どれがほんと？万太郎俳句の虚と実』（慶応義塾大学出版）、『蕉門の一句』（ふらんす堂）。読売新聞朝刊「KODOMO俳句」選者。早稲田大学講師。

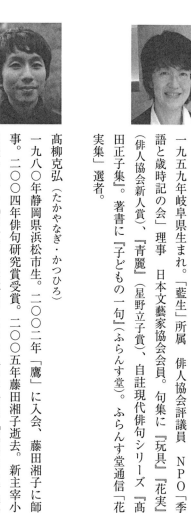

過去の受賞句集

二〇一〇年　第一回　田中裕明賞／髙柳克弘句集『未踏』（ふらんす堂）
二〇一一年　第二回　田中裕明賞／該当句集なし
二〇一二年　第三回　田中裕明賞／関悦史句集『六十億本の回転する曲がつた棒』（邑書林）
二〇一三年　第四回　田中裕明賞／津川絵理子句集『はじまりの樹』（ふらんす堂）
二〇一四年　第五回　田中裕明賞／榮猿丸句集『点滅』（ふらんす堂）
　　　　　　　　　　　　　　　　西村麒麟句集『鶉』（私家版）
二〇一五年　第六回　田中裕明賞／鴇田智哉句集『凧と円柱』（ふらんす堂）
二〇一六年　第七回　田中裕明賞／北大路翼句集『天使の涎』（邑書林）
二〇一七年　第八回　田中裕明賞／小津夜景句集『フラワーズ・カンフー』（ふらんす堂）
二〇一八年　第九回　田中裕明賞／小野あらた句集『毫』（ふらんす堂）
二〇一九年　第十回　田中裕明賞／該当句集なし

第十一回田中裕明賞

2021.02.16 初版発行

発行人｜山岡喜美子

発行所｜ふらんす堂

〒182-0002 東京都調布市仙川町1-15-38-2F

tel 03-3326-9061　fax 03-3326-6919

url　www.furansudo.com　email　info@furansudo.com

装丁・レイアウト｜和　兎

印刷・製本｜日本ハイコム㈱

定価｜500円＋税

ISBN978-4-7814-1356-3 C0095 ¥500E

9784781413563

1920095005003

ISBN978-4-7814-1356-3
C0095 ￥500E
定価 500 円＋税